艺海拾贝

秦牧 著

人民文学出版社

图书在版编目(CIP)数据

艺海拾贝/ 秦牧著.—北京：人民文学出版社,2022
ISBN 978-7-02-016360-1

Ⅰ.①艺… Ⅱ.①秦… Ⅲ.①随笔—作品集—中国—当代 Ⅳ.①I267.1

中国版本图书馆 CIP 数据核字(2020)第 084350 号

责任编辑　徐广琴
装帧设计　黄云香
责任印制　苏文强

出版发行　人民文学出版社
社　　址　北京市朝内大街 166 号
邮政编码　100705

印　　刷　三河市龙林印务有限公司
经　　销　全国新华书店等

字　　数　182 千字
开　　本　890 毫米×1290 毫米　1/32
印　　张　7.625 插页 3
印　　数　1—5000
版　　次　2022 年 1 月北京第 1 版
印　　次　2022 年 1 月第 1 次印刷

书　　号　978-7-02-016360-1
定　　价　35.00 元

如有印装质量问题，请与本社图书销售中心调换。电话:010-65233595

目　次

一本书的奇异经历 …………………………………… 1

核心 ………………………………………………… 1
鲜花百态和艺术风格 ……………………………… 7
"果王"的美号 …………………………………… 10
菊花与金鱼 ………………………………………… 14
鹦鹉与蝴蝶鸟 ……………………………………… 18
并蒂莲的美感 ……………………………………… 20
惠能和尚的偈语 …………………………………… 23
鲜荔枝和干荔枝 …………………………………… 27
虾趣 ………………………………………………… 30
《最后的晚餐》 …………………………………… 33
茅台、花雕瓶子 …………………………………… 36
河汉错综 …………………………………………… 40
细节 ………………………………………………… 44
数字与诗 …………………………………………… 47
画蛋·练功 ………………………………………… 49
秘诀 ………………………………………………… 52
哲人·小孩 ………………………………………… 55
象和蚁的童话 ……………………………………… 59

奇特的文学梦境	62
知识之网	65
两代人	70
蜜蜂的赞美	74
鲁班的妙手	77
南国盆景	80
巨日	83
蒙古马的雕塑	86
高高翘起的象鼻子	90
幻想的彩翼	95
北京花房	99
《醉了的酒神》和《睡着的爱神》	104
一幅古画的风味	107
英雄手中的花束	109
镜子	112
毒物和药	115
广州城徽	118
"邯郸学步"	121
独创一格	124
变形	127
酷肖	130
巧匠和竹	133
在词汇的海洋中	136
民族语言的热爱	141
譬喻之花	144
叠句的魅力	148
车窗文学欣赏	151
鹩哥的一语	154

神速的剪影 …………………………………………… *157*

京剧译名 ……………………………………………… *161*

"一字师" ……………………………………………… *163*

"狼吞虎咽" …………………………………………… *165*

放纵和控制 …………………………………………… *169*

粗犷与细腻 …………………………………………… *173*

眼睛的奥妙 …………………………………………… *176*

小羊的刺激 …………………………………………… *178*

两只青蛙 ……………………………………………… *181*

摔坏小提琴的故事 …………………………………… *184*

"上味" ………………………………………………… *187*

笑的力量 ……………………………………………… *190*

艺术力量和文笔情趣 ………………………………… *195*

爱友·诤友 …………………………………………… *201*

文学艺术与自然科学 ………………………………… *205*

掌握语言艺术　搞好文学创作 ……………………… *210*

辩证规律在艺术创造上的运用 ……………………… *216*

跋 ……………………………………………………… *229*

一本书的奇异经历[1]

《艺海拾贝》,从初版至今,将有二十年的时间了。关于本书写作的动机和经过,一九六二年,我在原稿付印之前写的跋文中,已经作了说明,本来不需要再讲什么了,但是,由于这书二十年间的曲折经历,在新版出书的时候,我不但作了新的校订,再度润色了文字,修改了差错,并且抽掉一九七八年版的《新版前记》,重写了这篇《前记》。

为什么要这样做呢?因为往事回首,作为执笔者的我,也感到本书的经历和命运相当奇异。它的坎坷和幸遇,一切都出于作者意料。

这么一本不够二十万字的文艺随笔集,放在书店的柜台里,并不怎样惹眼。但是它出版以后所遭遇的风暴雷霆和承受的阳光雨露,却完全逾越常情,以至在二十年后的今天,新版出书之际,我禁不住想把这些奇遇扼要告诉读者。

二十年前,我经常收到读者们的来信,询问:"你们的写作经验是怎样的?""文学创作有什么门道吗?"一封封信都答复,是不可能办到的事。我就有了一个念头,把我所知道的若干艺术表现

---

[1] 本文为1981年版《艺海拾贝》前记。

手法写出来，作为回答。经过《上海文学》杂志编辑部的鼓励，就一篇篇地写下去了。当时，一般的文艺理论书籍，印行数大抵只有一两万册以至数万册。我颇有意用一种轻松风趣、活泼生动的笔调，寓艺术道理于谈天说地之中，希望能够创造一个纪录，使本书销行十万册。

五十年代后期，"左"的错误已经日渐抬头，许多无辜的人遭到各种不幸，特别是大批的人被错划为"右派"，造成了相当的历史影响。在这种情形下，文艺界有一种讳言艺术技巧的风气，仿佛谁谈论这方面的事物，谁就是想脱离政治，就是不走正路而走歪门邪道。书店的架子上，探索艺术本领的书籍寥若晨星，似乎只要"突出"一下政治，一切艺术问题都会迎刃而解。略为有点趣味的东西被目为"趣味主义"，谈论技巧则被目为"技巧主义"。但由于六十年代初，正值经济困难时期，万事待理，一个空前规模的政治风暴，还没有酝酿成熟，即后来的"十年浩劫"还没有来临。所以表面上还没有什么风浪。尽管如此，好些朋友已经纷纷向我提出警告："你为什么写这种东西？""谈论艺术技巧是最危险的，将来你就知道。"但是，我自问无它，"把一些艺术表现手法的道理告诉年轻读者，帮助他们掌握文学手段，有什么错误呢？"实际上，我是始终拥护广泛的革命功利主义的，我一直认为文艺应该对无产阶级的革命事业起推进的作用才对。但是，文艺为人民、为社会主义服务，范围是广泛的，而不是狭隘的。我反对狭隘的，开口闭口"斗争"，而完全不涉及解决各种实际问题，连提高一般读者文化水平也不放在眼里的"理论"。因为觉得自己朝着这条途径写点文艺理论并无错误，于是一个劲儿写下去，并且把稿子交给上海文艺出版社刊行了。

《艺海拾贝》出版后受到读者相当程度的欢迎，数年之间，印刷了好几次，除上海外，新疆也印了一版。总计起来，销行了约莫十万册,和我原来预期的状况差不多。还有好些大、中学校,把它作为学生补充的学习教材。

不久,"史无前例"的十年浩劫开始了。"左"得离奇怪诞的"横扫一切"的浊流汹涌,《艺海拾贝》在华南首当其冲,被批判为"反党反社会主义的大毒草"、"全面地、系统地反对毛泽东思想的大毒草"。报纸这样一声讨,数日之间,有几千人冲进我的住宅,捶破了门,踩烂了床,并搬走了我大批的书籍。报纸用大字标题称呼我为"艺海里的一条响尾蛇"。我对这一切"批评",煞像是丈二和尚摸不着头脑,完全感到莫名其妙。在以后的一段日子里,到处都在焚书,这本书当然也在被焚毁之列。但是在我整个丧失自由的日子里,我对本书,只承认有欠缺,从不承认是什么"大毒草"。事后,我才知道因阅读和藏有这本书而受到各种程度"冲击"的人是相当广泛的。

在这个时期,大陆上的"禁书",有不少在香港被书商们乘机翻印牟利了。《艺海拾贝》也被翻印了好几版(这是若干年后书业界的朋友告诉我的)。由于这样的缘故,本书又被辗转销行到海外好些地方。一些海外读者因此熟悉了我,以至于后来,新加坡、马来西亚等国的华文报纸还登了关于我的访问记。

粉碎万恶的"四人帮"以后,拨乱反正,我国各项工作逐步走上了正轨。在历经十年浩劫,创巨痛深之余,社会主义民主和法制逐渐恢复,文艺界也日益出现了繁荣景象。《艺海拾贝》和许多曾经被禁的书一样,增订再版出书了。它在上海文艺出版社印刷了两次,一共四十万册;浙江租了纸型,也印行了三万册。它们都迅速售罄。我收到了大量读者来信,二十年间前后合计约莫有两千封,发信人遍布全国各地。这些书信,有的表示欢迎,有的热情鼓励,有的是商榷某一观点或者指出某些瑕疵,而最大量的,则是夹了钱币(这当然是不合邮局规定的,但由此可见他们求书心切)或邮票,委托作者代他们购买。对这最后一点,我只能满足边远省区很小一部分读者的要求,其他的都把钱退回去了。现在,上海文艺出版社决定在一九八一年再印行十万册,如果连同从前海内外印刷的一起统计在内,那么,它的总印数就将近是七十万册了。

我自己觉得:《艺海拾贝》在读者中间是产生了相当影响的。就是在它被查禁期间,也有些读者冒着风险,把它换了封面,悄悄保存下来,更有好些读者,独力或几个人手抄成本,在各个范围内暗自流行。两年前,有个读者买到了新出的书,就把手抄本亲自在北京赠送给我了。因为它在读者中间产生了相当影响,中央人民广播电台曾经扼要对本书作了介绍,北京人民广播电台更是好几次广播了其中的约莫三十篇。一本文艺随笔集被电台作了系统广播,这大概是一件比较新鲜的事了。

我写下这些,既不是诉说不幸,以期博取人家的同情,也不是"卖花赞花香,卖酒赞酒辣"。我只是把前前后后的事情综合起来谈一谈,以说明《艺海拾贝》一书的奇异经历。近十多年间,有这样奇异经历的文艺作品大概并不很少,这实际上正是当代中国曲折历史的一个投影。事实上,《艺海拾贝》并不是我付出精力最多的一部书,它的系统性也并不很强,虽说好些篇章写得稍为生动活泼和饶有风趣,但也并不是所有篇章都如此。这本书历经风暴而没有摧折,二十年间能够不断重版,在文艺理论书的印数上创造了一个比较高的纪录,它说明为读者所实际需要的东西是压不死的;而以饶有风趣、通俗生动的文笔来介绍文学理论知识,确为广大读者所欢迎。实际上本书所阐释的道理,并没有多少深奥之处。这种状况说明,以较为活泼的文笔,通过形象和故事,介绍自然科学、社会科学、哲学、艺术各方面的理论知识,都着实大有可为。我想:在生动活泼的文风能够日益发扬的情形下,更好的文艺理论书籍必将大量涌现,那时,我这样的书就可以"消亡"了。我个人希望:

这本书将来能够销行到一百万册,然后"寿终正寝"。在这种情形下,本书出版生命的结束,我将感到顺理成章,十分高兴。

一九七八年,经过十年浩劫之后,《艺海拾贝》重版的时候,我曾写过一篇新版前记。那个时候,对于十年浩劫的结论,党中央还没有完全下定,我对好些事情的措辞仍然煞费苦心。另一方面,经过十年的封锁,长期搁笔,一个人也有点像蚕茧里的蛹似的,蛹虽然能够活动,却不大活泼。因此,旧前记中有些措辞是存在一些不够恰当的地方的。在这一版中,我接受好些读者的意见,把它抽去了,另写了这一篇新的前记。这对于原来并不知道本书曾经有过一段曲折经历的年轻读者,可能会有些参考价值。

读者们如果想要知道本书的写作经过,就请看看原来的跋文吧!这里,我顺便向各方热情给我来信鼓励的读者们致意,请你们原谅我未能一一复信吧,我是感谢你们的。

秦牧

一九八一年二月·广州

核　心

世界万物,看来都各有它的核心。

从最小的东西讲起吧！一粒原子,有它的原子核。核的比重很大,而围绕着它的电子则非常之轻。原子核万一在特定条件下破碎了,原子也就不存在了。物质的重量基本上在于无数的原子核。

一颗小小的细胞,也有它的"细胞核",这也是它的"重点",围绕着它的是细胞质和包在外面的细胞膜。从构成生命体的肉眼难见的一粒粒细胞到一枚鸡蛋,一枚鸵鸟蛋(它们虽然是巨型的,但实际上也各各是一个细胞),构造都是这样。

一枚枚果子,也各各有它的"核"。许多果子,果肉都紧紧围绕着核,尽管核有大有小,有的一颗,有的多颗。它看似平常,实际上果子的繁殖,长成新株,发叶开花,全依靠它。

一个个生命体也仿佛有它们的"核",这就是它们的心脏。别的地方受点损坏犹可,心脏遭受创伤就意味着致命。失去了一肢,生命体有时仍能够存活,心脏被刺了一下,生命也就完了。

地球也有它的"核"。地核较之"地幔""地壳",有它的特殊的重量。地核中心点延伸成地轴,支配着地球的自转。

甚至太阳系也有它的核。太阳就是我们这个太阳系各个星球的"核",太阳系的各个星球,围绕着它旋转、运行。

太空里许许多多的太阳系还有它们更大的"核"没有呢?在这个问题面前,我们太像一只只渺小的蚂蚁了,就暂不去谈它吧。

但是仅仅从上面这些事例看来,可以说任何事物都有它的"核"。

回到我们的文学创作的问题上来吧!既然任何事物都有"核心",什么是文学作品的核心呢?

这核心就是思想。各种元素的原子各有它们的"核",各式各样的作品也各有它们的核。好的作品有好的核,坏的作品有坏的核,"中不溜儿"的作品有"中不溜儿"的核。

也许有人以为人物是"核",我以为不是。许许多多文学作品自然都写到人物,但不是所有文学作品都如此。某些杂文、散文,某些抒情诗、田园诗、哲理诗之类,并不塑造人物,并不出现具体人物。你不能够说它没有"核心",思想就是它的核心。

可以有不出现人物的文学作品,但是不存在没有"核心"的作品。

塑造人物是表达这种中心思想的非常重要的手段,但并不是唯一的手段。我们反对"塑造无产阶级英雄形象是社会主义文艺的根本任务"那种提法(即使单纯从学术观点上来谈,暂不谈"四人帮"篡党夺权的阴谋勾当),并不是说我们可以忽视塑造无产阶级英雄形象这个非常重要的文学手段,但它毕竟只是手段之一。那道理,正像我们反对"米、麦是人类唯一的食品"的错误提法一样。我们反对这句话,并不是我们反对吃米吃麦。相反的,我们也许天天都在吃米吃麦。

再回到"核心"的问题上来吧!思想是核心,是灵魂。一篇小作品也好,一部巨著也好,不管它有多少栩栩如生的人物、动人的情节、精彩的笔墨,如果它所表现出来的核心思想是不够好以至于很坏的话,这样的作品也就大大失色以至于糟透了。没有正确的政治思想就像没有灵魂一样。

无产阶级革命导师们所以都很重视文学,就在于重视文学通过特定的艺术手段反映社会生活,以情移人,能发挥思想教育的功能。恩格斯有一段话精辟地阐述了文学作品的思想性,以及这种思想性在文学作品中的体现方式。他在一封信里这样写道:

"悲剧之父埃斯库罗斯和喜剧之父阿里斯托芬都是有强烈倾向的诗人,但丁和塞万提斯也不逊色;而席勒的《阴谋与爱情》的主要价值就在于它是德国第一部有政治倾向的戏剧。现代的那些写出优秀小说的俄国人和挪威人全是有倾向的作家。可是我认为倾向应当从场面和情节中自然而然地流露出来,而不应当特别把它指点出来;同时我认为作家不必要把他所描写的社会冲突的历史的未来的解决办法硬塞给读者。"

所有的无产阶级革命家,都强调了革命文学的思想性。列宁说:"文学应当成为党的文学。"毛泽东同志说:"革命的政治内容和尽可能完美的艺术形式的统一。"都体现了这种思想。

古代的人们也多多少少知道,文学尽管有它的特殊的表现形式,但是它的核心毕竟是思想。"诗言志。""言者,心声也。""士先器识而后文章。"这一类的话,都在若干程度上接触到这个道理。自然,历代的人们站在他们各种的阶级位置上,各自受他们时代的阶级的限制,他们所指的思想不一定都是进步的,甚者还有反动的,但是在"文学总要体现思想"这一点上,他们说的也并没有错。

也许有人以为历代有些作品的思想是模糊的,或者矛盾的,并不一定都有明确的思想。其实模糊的思想,自相矛盾的思想,以至错误、反动的思想,也都各各是一种思想。用果子的核来比喻,好的核固然是核,干瘪的、腐烂的、子仁被蛀食了的"核",也各各是一种"核"。问题是我们要求好的核,不要坏的核罢了。

唯其这样,进步的作家,必定具有进步的思想。一味在那里推敲词章,讲究文采,而思想贫乏以至错误的人,不可能写出好作品。历史上,"采得百花成蜜后,为谁辛苦为谁忙","只许州官放火,不许百姓点灯","欲穷千里目,更上一层楼",那些平白如话,而又表达了群众心声或者阐述了深刻思想的诗句,可以世代流传,而那些辞采华丽,"骈四骊六",洋洋洒洒,极尽雕琢之能事,但是思想却贫乏可笑的六朝骈文,却为后代人们所鄙弃。那个道理,就很值得我们寻味。

思想、生活、技巧,这些因素,它们彼此的关系,有点像血、肉、皮的关系。它们各各有相对的独立性,但又互相密切关联,去其一端,都影响整体。思想在这里起了主导的作用。如果思想水平低下,即使有一定的生活素材,即使有一定的写作技巧,仍然没法写出好作品。

磁石能够把周围的铁吸引过来,但是一块普通的石头,却不能够发生这样的作用。在丰富的生活之中,靠什么来摄取题材,提炼题材呢?靠思想。

一个题材掌握在手里了,写作的时候,怎样加以剪裁,什么地方细致,什么地方简略,粗看起来好像是技巧功夫,其实不然,发挥了这样的选择作用的仍然是思想。

无产阶级的英雄人物就在我们周围,看来不管思想水平高低,只要接触他们,就可以描绘他们了。其实不尽然。没有一定的思想水平,英雄人物即使就在自己眼前,也会视而不见,听而不闻的。只有思想达到一定水平的人,才能够识英雄,重英雄,了解英雄人物的内心世界。写作者的思想道德水平,如果不能和英雄人物并驾齐驱,最少也得在若干程度上"望其项背"。如果距离远而又远,那么,"远人无目",英雄人物在他们眼里也就面目模糊了。

生动的语言和丰富的词汇,看来该是技巧性很强的一个项目了。但是一个作者,即使具有这样的条件,在他对事物没有深刻印象或者激起强烈感情的时候,这些丰富的词汇却完全可以在这样的作者脑子里处于冬眠状态、库藏状态,并不发挥作用。我们只要看看,平时不善讲话的人,在极端激动、欢乐、哀伤、愤怒的时候,可以讲出十分激烈的语言;而一个词汇原本比较丰富的人,在他并无真正感情,敷敷衍衍地讲话的时候,却只能说出干干巴巴,平板无味的言语,就可以想见思想状态和语言运用的关系了。王铁人由于有为社会主义事业作出贡献的铁的决心,才会讲出"有条件要上,没有条件,创造条件也要上"那样的语言;具有高度社会主义觉悟的农民,才会唱出"胸中有了大目标,千斤重担不弯腰"那样的诗歌。语言的运用,颇有点像喷泉,单有水,并不成其为喷泉,有了一定的压力作用,水才形成水柱,奔涌而出,出现了语言的喷泉。

　　提高作品的思想水平,得以先进的思想贯串于整篇作品之中,"用一根思想的线去串起生活的珍珠"。外加地在作品中抄一段"社论语言",而在其他段落却没有思想的光辉,并不能有力地提高作品的思想性。我们常常看到有一些不够好的作品,在写到人物思想交锋的时候,虽然也让正确思想占了上风,但是总觉得那种思想交锋并不是有声有色,有血有肉,语言独特,激动人心的。这正是作者思想水平高度不足,在这些地方露出的破绽。

　　我们的时代,是社会主义要战胜资本主义,无产阶级要消灭一切剥削阶级和产生它的土壤的时代。我们文学艺术工作者,必须不断地提高我们的政治思想水平,不断地提高我们对马克思列宁主义、毛泽东思想的学习水平,为共产主义的新生事物鸣锣开道,鞭挞、清除一切剥削阶级的腐朽事物。只有不断提高思想水平,才能坚持文艺为人民服务,为社会主义服务的方向,真正使我们的文艺成为整个无产阶级革命事业的齿轮和螺丝钉。

不论卷帙如何浩繁的革命文学著作，从它的思想意义上来说，它都只能宣传共产主义思想中的某一个课题，或者再加上若干副题，并不能宣传整个共产主义思想体系（没有这种可能也没有这种需要，像恩格斯所说的："作家不必要把他所描写的社会冲突的历史的未来的解决办法硬塞给读者。"）。但是我们写作任何作品，大的小的，却必须努力以共产主义思想体系为指导，深刻理解我们作品符合于这个博大精深的思想体系的什么部分。从这个意义上来说，不仅题材是丰富多彩的，主题也可以是丰富多彩的。宣传无产阶级对资产阶级的阶级斗争，固然是极其重要的主题，同时，宣传国际主义，宣传共产主义的劳动态度，宣传无产阶级的阶级友爱，宣传辩证唯物主义的务实精神，以至于宣传共产主义的道德品质，宣传无产阶级的生死观、幸福观、恋爱观，鞭挞一切剥削阶级的腐朽思想，又何尝不可以成为主题？难道这不也体现了无产阶级对一切剥削阶级的阶级斗争吗？因此，题材可以是多样的，主题也可以是多样的。让革命化来统率多样化吧！让共产主义思想体系来统率各种各样的主题吧！至于各种作品比例的调节，那由国家的出版社和报刊编辑部去管好了。

由于思想、生活、技巧虽彼此密切关联但又有其相对的独立性，常有一些人有重此轻彼的不良倾向。不重视思想的统率作用，固然很不对，重视思想、生活而完全藐视技巧，也不对；重视技巧而忽视思想、生活，更简直可以叫做荒唐。在我们探索深入斗争生活，提高艺术技巧等问题的时候，让我们先来强调思想的核心作用、统率作用罢。离开了这个前提，我们就很容易走入歧途。

总之，我们的时代要求我们的文艺工作者，首先应该是无产阶级的革命战士，然后才是文艺工作者。

一九七八年二月

鲜花百态和艺术风格

鲜花的多种多样的姿态、纷繁的颜色,除了让我们悦目赏心外,我想还可以对我们的艺术思想有所启发:第一,世间有各种各样的花,才谈得上尽态极妍,谈得上热闹。第二,美是可以有许多表现形式的,牡丹有牡丹的美,菊花有菊花的美;大丽花美得典雅华丽,茉莉花美得小巧玲珑;玫瑰美得妖冶,百合美得端庄……但是应该说,它们着实各有风度。第三,和化学的原理很相似,一些基本的东西配合分量上的差异,可以引起千千万万的变化。就拿鲜花来说吧,它们各有花冠上微小的纤毛,各有花青素,由于一些基本色素的复杂配合,加上折光作用,花的颜色就变化无穷了。

"百花齐放"一语,使人想起了鲜花的百态,想起了艺术的各种各样的风格。"百花齐放"的意义,我想不仅是指提倡各种艺术,同时,也指的丰富多彩的内容和同一种艺术形式中千变万化的表现方法。

试想一想吧,同一类菊花,有匙瓣的,有管瓣的,有针瓣的;神态更是变化万千。人们已经培育出数以千计的菊花品种了,但是还不餍足,正在继续培育新的。同样的,牡丹已经有许多种颜色了,但是人们还在致力培育绿牡丹、黑牡丹;杜鹃已经有红、白、紫等颜色了,但是人们又羡慕着云南的黄杜鹃……这是人的永不满足吗?可以这样说,但也许更好的说法是这表现了人们巨大的艺术趣味。如果人是太容易满足的话,花卉就没有这么多品种了;鸽子、金鱼就没有这么多仪态了;戏剧里就没有这么多行当了;文学艺术宝库也没有这么丰富了。

人们永难满足的要求,使得艺术领域永远存在着竞赛(当然千姿百态的生活本身又为这种竞赛提供了根本的条件)。这种竞赛越激烈越好。在这里面,思想性最强、最健康饱满、最新鲜活泼、"顶儿尖儿"的东西,也就最能够满足大家的要求。

同样一种生气勃勃的先进的思想,甚至同样一种题材,通过各个作者的笔尖,尽可以写成多种艺术风格的作品。马克思说过一句这样的话:"每一滴露水在太阳的照耀下都闪耀着无穷无尽的色彩。"政治方向一致性与艺术风格的多样化的统一,和这句话道理也有相通之处。

要艺术家的风格能够充分表现,只有在热烈的竞赛下才有可能。如果大家都慢吞吞地走路,你看起来各个人的步伐都差不多;只有当大家飞跑的时候,才容易看出各个人的姿态和速度究竟是怎样的。

风格这个词儿,看起来很抽象,所以抽象,是因为它概括了大量事物的缘故。一个作家的生活道路、思想、感情、个性、选择的题材、运用文学语言的习惯和特色、生活知识积累的广度和深度……这一切总汇起来构成他的风格。艺术家把他的思想、感情、气质、素养都溶进作品里了。因此,越成熟的艺术家越是应该有自己的风格。中国文学史上的那些词语:"韩潮苏海"、"诗仙、诗鬼"、"郊寒岛瘦"、"清新庾开府,俊逸鲍参军"等等,这里面的什么潮啦,海啦,仙啦,鬼啦,寒啦,瘦啦,清新啦,俊逸啦,就是对于艺术风格的总评。从历史上的这些例子,可见某个人的写作特点发扬到了一定的高度,就必然形成风格。

一大群小学生开始学作文的时候是无所谓风格的。写作者达到比较成熟的境界,自己的特点充分流露,风格就产生了。文学史上流传着许多轶话,例如说某某人的诗句,杂在其他人的诗句中,怎样给人一眼就看出来啦;某某人伪造古人的作品,怎样苦心经营多年,却给明眼人一下子就识穿啦……这些事情,我想完全是有根据的。

一些基本的东西,互相配合,衍变成为多种多样的东西。这种状况,我们可以从化学现象中看到;可以从万紫千红、尽态极妍的鲜花中看到;也可以从各种风格的艺术品中看到。

艺术品不同于一般的自然物的,最重要的是它的思想性。这是一个最重要的"根",但是其他的因素,错综复杂地配合,因而衍变无穷的情形,和鲜花具有百态的原理却是很相似的。

鲜花好像正在嫣然含笑地告诉我们:必须在发扬基本要素并让它们互相配合的情形下,风格才能诞生和成长。

"果王"的美号

北方的朋友到广州来,看到水果摊上的熟木瓜标着"果王"的美号出售,觉得很希奇。他们问道:"木瓜什么时候在你们广东封'王'了?"

这种瓜在广州的确有"果王"的佳誉。有时郊区农民在集市上出卖熟木瓜,就喊着"果王,果王!"树上成熟的上等的木瓜也的确是很好吃的。它芳香、甜美、柔软,而且果实硕大。新疆人推许那里的哈密瓜,广州人也很赞美这种从外洋传入、生长在树上的瓜。

广东另有一种"果王"是荔枝。虽然人们不一定把它叫做"果王",但实际上不少人认为在南国水果中它雄踞首席。关于"增城挂绿"(一种最珍贵品种的荔枝)的故事,也早已传遍全国了。

各地,都有当地人认为最好的果子。东北的苹果,天津的梨子,新疆的葡萄,山东的肥城桃子,潮州的蜜柑,都为当地人所倾心赞美。这类果子,在另一些地方可能长得很小很酸很涩,但是在上面这些地方,却可以长得肥硕香甜,甘美异常。

国外也有这种情形。美果有的也被称为"果中之王",有些虽没有这个绰号,但实际上也被人目为"最好的果子"。在热带,榴梿(一种巨大、椭圆形、满身长着硬刺,好像一个大狼牙棒似的果子。撬开以后,里面有好几格,各各藏着一至二三枚脂肪丰富、香味四溢的果肉)被目为"果王"。来自泰国、斯里兰卡的贵宾都曾经将这种果子赠给我们的国家领导人。

在美国,橙子被认为是最好的果子。

在日本,桃子被认为是最好的果子。

在欧洲,有认为葡萄是最好的果子,也有认为樱桃是最好的果子。

在印度、菲律宾等国,被目为"果王"的却是芒果了。

……………

被各地人们推许为雄踞首席的果子,当然味道不可能是酸的涩的。它们一般都很甜美,但是风味却仍然是各具一格的。有的脆,有的松,有的柔软;就是甜味,也各具特色,有些是蜜糖般甜,有些是在甜中略带一点轻微的、"无伤大雅"的酸味,有的是在甜中带着强烈的芬芳;有的是根本不含脂肪,有的却含着大量脂肪。像榴梿,它的脂肪的含量简直可以沾满手指。

物质的食品的这种五花八门的花样,我想,也应该使我们触类旁通,深感到精神粮食同样需要十分丰富的吧!

水果只是无数物质食品中的一项,它包含了各式各样的品种,因地而异,因栽培人的不同,还可以出现这许多"顶儿尖儿",被戏称为"果王"的佳果。精神的食物何尝不是如此!

各种文学体裁,各种题材,各种艺术手法,在不同的人手里,互竞雄长,也可以出现各样"顶儿尖儿"的作品。

在世界文学史上,在中国文学史上,我们看到的是群峰屹立的景象。这种艺术上的山峰不同于自然的山峰,在某种意义上来看,你很难说某一个一定比另一个高些。它们实际上"各擅胜场"。回到刚才的譬喻上来,榴梿和葡萄比较,荔枝和芒果比较,你很难说哪一个比哪一个强,就算硬去分个高下,也未必会使种果和吃果的人都赞同。

"每一滴露水在太阳的照耀下都闪耀着无穷无尽的色彩。"讲过这句话的马克思,又曾针对普鲁士当局的"新的书报检查会",质问道:"你们并不要求玫瑰花和紫罗兰散发出同样的芳香,但你们为什么却要求世界上最丰富的东西——精神只能有一种存在形式呢?"

在"四人帮"推行的封建法西斯文化专制主义的余毒还有待继续肃清的时候,读马克思这些警语,尤其觉得意味深长。

文学的每一个领域(更不用说艺术的各个领域了),诗歌,小说,戏剧,散文,甚至同一个小说领域,当代题材和历史题材,长篇和短篇,欢乐的和沉痛的,幽默的和庄重的,都可以有各种各样的表现形式。而且在不同的人手里,下足苦功和充分发扬风格之后,都可以培育出各种各样的艺术硕果。鲍狄埃使诗歌焕发出光彩;鲁迅使小品文焕发出光彩;另一方面,契诃夫、莫泊桑等使短篇小说焕发出光彩;莫里哀、果戈理使喜剧焕发出光彩:这些不是已为人们所熟知么! 在我们的时代,社会主义革命的时代,各种艺术独标一格,蔚成高峰的状况,应该是更加刷新了历史的记录才对。本着重此抑彼的观点来对待各式各样的文学体裁是不对的。千万不要以为只有葡萄苹果才能成其为佳果,还有荔枝呢,桃子呢,榴梿呢,芒果呢……许许多多的水果呢!

不但体裁,风格,题材,表现手法可以鼓励勇于创新,甚至连主题,也可以是不拘一格的。总的方向自然是宣传共产主义思想,讴歌无产阶级英雄人物,为逐步消灭资产阶级及产生它的土壤而斗争;在具体命题上,却可以是宣传无产阶级的阶级斗争的,也可以是宣传共产主义劳动态度的,歌颂无产阶级的阶级友爱的,赞扬辩证唯物主义者实事求是的态度的。就是在这方面,一滴露水在太阳照耀下也可以闪耀着无穷无尽的光彩。

调节各种各样题材、主题、体裁、风格的出版物使它们互相适当配合,是领导机关、出版社的事。作为一个文学工作者,重要的是凭自己的各项条件,奋力去攀登高峰。再说一次,应该是不拘一格,各擅胜场才好。

各种出色的水果有一个大体相近的共同因素,这就是香甜甘美。具体味道则可以是异常丰富多样的。我们的艺术品也应该是这样,它们应该以共产主义思想为灵魂,而在具体主题、内容、体裁、手法上,却完全可以是丰富多彩的。

让我们用革命性来统率丰富性、多样性!

丰富多彩的革命艺术,才能够通过各式各样的途径,广泛进入人们的心灵。再回到那个譬喻上来,丰富多彩的美果,吸引了各式各样的食客。

一九七八年二月

菊花与金鱼

菊花与金鱼,是中国人培育出来的两种绝妙的东西。我想,把它们称做艺术品也无不可,它们一种是植物性艺术品,一种是动物性艺术品,都是经过历代巧匠的苦心培育才繁衍出现在这样丰富的品种的。

世界各国的人民,都各有各的艺术天才。世界文明是各大洲的劳动人民共同创造的,你提供这样,我提供那样,才使得这个本来相当乏味的地球变成了个光华璀璨的大千世界。在培植奇花异卉和人工选择有趣的小生物方面,世界各国的人民,有的驯养了金丝雀,有的培植了品种纷繁的兰花,有的养了鸽子,有的养了长尾鸡……而历史悠久的中国,则特别端出了菊花和金鱼。中国人种植菊花已经有三千年的历史了;把鲫鱼变成金鱼,也已经有千年以上的历史了。我国邮局曾经发行过一套菊花邮票和一套金鱼邮票,这两套小彩画都是令人看了爱不释手的。它使我们想起历代许多艺菊和养鱼的能手,无数"功参造化"的能工巧匠,以至于祖国悠久的历史和深厚的文化。

每年秋天,许多城市的公园都在举办菊花展览,至于金鱼,更是不分季节,任何时候都可以看到。每次观赏菊花和金鱼展览的时候,我都深深地体会到"丰富"的含义。那场面真可以说是多姿多彩,仪态万千了!

古代荒郊里寒伧的野菊,一经过人类的加意选种培育,历时数千年,终于大放异采。光说一样花瓣,菊花就有平瓣、管瓣、匙瓣、管舌瓣等等之分,还有些瓣端有钩或者卷成球形的。谈到颜色,它们又有红、紫、黄、白以至于绿(绿荷)和黑(墨菊)等等之别;至于花型、样式更是多到不胜枚举。有一种"标本菊",一株只有一两朵,而花型大如牡丹;有一种"大立菊",一株可以开花千朵以上。它们有的端雅大方,有的龙飞凤舞;有的瑰丽如彩虹,有的洁白赛霜雪;有的像火焰那么热烈,有的像羽毛那样轻柔……。这难道只是一类花么,它简直令人想起群芳竞妍的江南的"花朝"节了!

金鱼也是这样,它们像是活在水里的能够游动的花朵。什么"珍珠鳞"、"狮头"、"鹤顶红"、"扯蝉"、"水泡眼"、"朝天眼"……品种多得令人吃惊。每一种都各有它的妙处。你说"珍珠鳞"才好看么,但是有些人一看到"水泡眼",才高兴呢,那些眼睛上面长着两个大水泡的金鱼,简直像是鱼类中的丑角,有时竟使人们笑得直不起腰,甚至流出眼泪来。

菊花和金鱼的品种现在已经够纷繁了,试想光是菊花,叫得出名字的就有两千多个品种,这还不够瞧么?但是人们欣赏的兴趣是无穷无尽的,群众仍在欢迎新的品种。而那些栽培菊花和养殖金鱼的老行尊,不但要满足群众的这种心愿,自己也充满了劳动创造的豪情胜概。结果,几乎年年都有新的品种被创造出来。每当人们围观着新出现的品种,投以激赏的眼光的时候,我仿佛听到了一个赞美的声音:"多行呀!人类又给大自然增添新的花样了。"

我们不妨把菊花和金鱼看做一种活的艺术品。在花盆、鱼缸间徜徉,我不禁有这样的感触:

第一,"人工"是多么可贵呵!人类的劳动真是"功参造化"、"巧夺天工",如果不是人为的选择作用,菊花还不是一种野外平平平常常、貌不惊人的小花？金鱼还不是一种平平常常、只配被人作为普通肴馔的鲫鱼？但是一经人们长期把劳动贯注到它们身上，奇迹就出现了。在艺术创造上，也让我们赞美人为的加工的作用，放弃那种原始的、自然崇拜的观点吧！

第二，从菊花、金鱼的品种繁多，人们仍然没有感到满足，还在不断地创造新的品种这样的事情上面，让我们更深地体会多样性的重要吧。那种飘逸洒脱、雅致大方的"嫦娥牡丹"、"十丈珠帘"之类的名菊固然是异常珍贵和令人喜爱的，但是"满天星"、"万寿菊"之类的普通菊花，也仍然不失为菊花中的一些值得重视的品种。如果没有各式各样的菊花，而仅有几盆名菊的话，"菊花之海"就不可能出现了，菊花展览也不可能吸引这样广大的群众了。金鱼也是一样，如果仅仅有"珍珠鳞"、"鹤顶红"之类的品种，而没有"朝天眼"、"水泡眼"之类充满了丑角情趣的金鱼，也许小孩子们，甚至包括一部分成年人，看来就不会感到那么够味了。一切艺术的道理也是这样，单一必然导致枯燥。而丰富多彩、目不暇接则是绝大多数人所欢迎的。一个人可以有自己艺术上的偏爱，但切忌"以宫笑角，以白诋青"（袁枚语）。你只爱"十丈珠帘"这一种菊花，你只爱"珍珠鳞"这一种金鱼，自然悉听尊便。但决不应该因为自己有这样的偏爱，就把其他所有的菊花、所有的金鱼都说得一文不值！正像一个人不能因为自己喜爱长篇小说，就去贬低其他的文学样式；或者自己喜爱朴素的风格，就认为华丽的、纤巧的东西都没有美的价值一样。在政治方向上，革命者需要一致性，在我们这个时代，就是必须大力地宣传共产主义思想，而在艺术风格上，任何时候都应该提倡多样化，那种在艺术风格上扬此抑彼甚至主张定于一尊的论调，是最妨碍"百花齐放"的。即使从观赏菊花、观赏金鱼时所领略的情趣中，我们稍加思索，也可以体会到这样一点道理。

第三,从菊花和金鱼的多姿多彩,也使我想到"风格"是大胆发扬特点之后才能够形成的。我们不妨说,菊花中"朱砂牡丹"、"芙蓉托桂"等等品种都各有自己独特的风格:如果不是瓣内瓣外都那么红,"朱砂牡丹"就失掉它的风格了;如果不是有一个巨大的花心,"芙蓉托桂"也失掉它的特色了。"水泡眼"金鱼如果去掉那两个"水泡",也就没有独特风格可言了。不敢大胆发扬特点,就谈不上风格。不仅菊花和金鱼这样,一切艺术创造的道理,恐怕也都是这样的吧。

在广大群众喜爱的菊花和金鱼身上,也许就藏着这么一些艺术的道理。

鹦鹉与蝴蝶鸟

年前访问海南岛五指山区的时候，和一些黎族青年畅谈，听到了好些奇特的事情。

你听过有人吃鹦鹉吗？别把这当做笑话，在出产鹦鹉的山区，的确有人像吃鸡一样吃这种著名的鸟。一个黎族中年人告诉我说："我吃过烤鹦鹉，味道很好。"谁只要知道在旧社会黎族群众过的是什么生活，那就没有人会觉得吃烤鹦鹉有什么奇怪了。在每年口粮总要缺一半、盐比糖还希罕、妇女要到深山里找野麻来织布裁衣、冬天围着火堆烤暖过夜的贫困情形下，把鹦鹉也烤来吃，实在是很自然的事。

黎族群众的生活，这些年来大大地改善了，他们的屋子里有了很多崭新的用具，有些村落还有了电灯，这里不必一一叙述了。在现在这样的情形下，鹦鹉当然逐渐地也就成为玩赏的鸟类，或者被贩运给大陆上的人们玩赏，不再被吃了。

但是就在鹦鹉被烤来吃的那个时候，黎族人民却一致不吃另一种美丽的鸟，它的名字叫做"蝴蝶鸟"或者"甘工鸟"。这种鸟鸣声铿锵，像是"甘工，甘工"似的，夏天的月明之夜，就成群出来飞翔。人们宁可忍受饥饿，却没有谁想猎取一只蝴蝶鸟来吃。

所以有这样的情形，是因为在黎族地区，普遍流传着一个美丽动人的民间传说,它是和这种鸟联结在一起的。

这传说被用歌唱的形式,在老人们口头世代流传下来,正和国内许多少数民族的叙事史诗一样,它讲的是古代一个勇敢的青年猎手和一个美丽姑娘的故事。他们互相热爱着,却受到凶恶的洞主抢婚迫害,经过一场不倦的斗争之后,被兵丁们围困在山头,当大火燃烧起来的时候,他们终于双双变成美丽的蝴蝶鸟,冲出烈焰腾空而去。故事的梗概是简单的,但内容却异常饱满。这对传说中的青年恋人唱了不知多少动人的情歌,生活得不知道多么勤劳和勇敢,由于有许多细致的描叙,他们形象突出了,深深地印在黎族青年男女的心上。黎族群众由于同样憧憬着自由幸福,对这种双双飞舞的蝴蝶鸟,就再也不忍加害了。

在连鹦鹉也抓来吃掉的时候,人们却不吃这种蝴蝶鸟,可以想见,真正感动人的文学艺术,具有怎样巨大的力量。我们现在不吃鸳鸯,不吃燕子,实际上也和许多古代文学艺术作品的影响有关。有些国家的群众不吃牛,不吃猴子,也常常是由于那些动物和某种动人的传说密切关联着的缘故。

这种情形,令人想起海水冲击着沙石,并经过悠长年代的影响,使一层层的沙末变成了水成岩一样,某一种观念,通过文学艺术影响着人们,经年累月,也就使人们形成了习惯。新的文学艺术代替了旧的文学艺术的过程,常常也就是新的风习规范驱逐着旧的习惯势力的过程。

过大地估计文学艺术的作用是不必要的,但过小地估计它的作用也同样不对。穿凿附会的传说有时尚且能够产生这样巨大的影响,完全宣传革命真理的文学艺术应该发挥多么巨大的作用才对呵!而这里面有一个关键性的问题,就是作品应该有荡气回肠的感人力量。黎族群众所以不吃蝴蝶鸟,正是因为他们被那个古老传说深深地感动了的缘故。

并蒂莲的美感

离开了思想的美,就没有艺术的美。

一切艺术所以能够感动人,只是因为被感动的人从这种艺术里面引起某种程度的思想上的共鸣。没有这种共鸣,是谈不上感动的。因此,这一阶级的艺术可以使这一阶级的人感动得如醉如痴,但对于同时代保持另一阶级观点的人来说,却可以完全不发生作用。

《牡丹亭》曾经使明清时代好些痴男怨女感动得死去活来。《少年维特的烦恼》曾经使当年德国的好些青年感动得痛哭流涕,以至于自杀时也要穿"维特装",把这本小说放在口袋里。但是我们时代有觉悟的青年男女再读这样的书时,却很难受到这样的感动了。这就是千万个例子中的一两个。

但是,由于思想是通过素材来体现的,这些素材又必须以一定的艺术形式来表达,艺术形式起了一些加强和反拨的作用。因此有一些人就误以为艺术形式可以有什么不受思想内容制约的无边的魔力,可以"化腐朽为神奇"了。甚至某些谈美学的文章,由于致力于研讨艺术形式的作用,竟时常有抛弃"思想的决定性"这一前提,舍本逐末斤斤谈论艺术形式作用的趋向。这使人想起古代"买椟还珠"的故事:一颗晶莹的珍珠装在一个美丽的盒子里,买珠的人被盒子的美丽迷住了,竟退还了珍珠,只带走了盒子。那盒子无论如何美丽,没有珍珠只是一个空洞洞的盒子罢了,它的价值和珍珠是完全不可比拟的。而且,只有在盛载珍珠时它才那么吸引人和显得格外美丽,如果装上粪溺,它马上就变成一只臭盒子了,虽然依稀还有一点儿好看的外表。

从这个道理出发,我想到了另一些事情。

由于古往今来,不少赞颂男女纯洁坚贞爱情的艺术作品感动了人们,那些被人用来形容男女爱情的动物和植物,就多少给人一种美感了。这些东西就是比翼鸟、连理枝、并蒂莲、双飞蝶之类。

我们看到一枝并蒂莲、看到一对鸳鸯鸟,就会引起一阵美感。这固然是过去的艺术作品多少给我们一些影响的缘故;另一方面,却也是由于这些东西,本身对人就是无害有益的。它们在人们生活中具有某种价值,使用或者欣赏的价值。这才使得人们的美感有所附丽。

但是,如果以为如影随形、双双不离的东西就一定能引起人们关于纯洁坚贞爱情的联想,就一定能够引起一些美感,那就大错特错了。

除了上面提到的那些东西之外,大自然中,形影不离的生物多得很。例如,那使病人肚皮臌胀、骨瘦如柴的血吸虫,是小小的长仅一厘米左右的小虫,它们寄生在人体里的时候,雄虫一生都抱着雌虫过活。它们形影不离比较鸳鸯鸟、双飞蝶之类,都要有过之而无不及。但请问,有谁提到它们时,会产生什么美感呢!

从人们对于花的赞颂中,我们也可以看到同类的情形。从牡丹到一朵小小的茉莉,都有人赞美,但有多少人去歌颂那有毒的罂粟花之美呢!

美感任何时候都是以一定的思想内容为基础的。不过这个基础,在某种艺术作品中,有时候在外表看来,表现得比较隐晦罢了。

从并蒂莲、双飞蝶之类能够激发人们的美感,而血吸虫则完全不能,充分地说明了离开思想原则的、形式主义的美学的破产。

惠能和尚的偈语

"下下人有上上智。"

这句意味深长的话是谁说的？不是别人，正是在广东留下了许多遗迹，为人们所熟知的"禅宗六祖"，千多年前一个著名和尚说的。它和我们时常听到的另一句警语："卑贱者最聪明"，有异曲同工之妙。

相传释迦牟尼二十八传而至达摩禅师。梁武帝时达摩从印度到中国来，成为中国禅宗（佛教十宗之一）的始祖。五传而至惠能，于是惠能成为"六祖"。因为达摩、惠能都在广州住过，惠能又是广东新兴人，当年得衣钵后成为禅宗南派的领导者，并且在原籍死后移灵曲江南华寺，六十年代初南华寺还有他的"真身"和"衣钵"，广东许多名胜地区，不论是梅岭也好，丹霞山也好，广州的六榕寺也好，都有"六祖堂"（从六榕寺里惠能的塑像看来，神采上显得是一个严肃深思的人）。唯其达摩、惠能和广东的关系这样密切，历史上广东的画家、陶塑艺人，都喜欢画达摩、塑达摩，人们也经常谈到惠能的故事了。

惠能以一个厨下舂米僧人而成为禅宗六祖，是很不简单的。他的得传衣钵的偈语："菩提本无树，明镜亦非台，本来无一物，何处惹尘埃。"是极端主观唯心主义的话。然而，尽管如此，他在某些个别事情上的见识,却有很卓越的、显出真知灼见的地方。他做和尚却不想升西天,说过"如人人皆升西天,则西天将人满为患"这样的话。诗翁郭老在咏"六榕寺"诗中就称赞过他道:"惠能杰出处,不愿升西天。"而这句"下下人有上上智"的偈语,尤其精采。禅宗是以在禅学上大胆思考、大胆说话、大胆行动著称的。一千多年前,在等级森严的社会里,一个和尚能够说出这样的警语,正是认真观察、大胆思考迸发出来的智慧的火花。

"下下人","卑贱者",这些话是针对旧社会流行的观点故意说的反面语。它们都应该被加上引号才对。如果解除了引号,那么就应该说,这句话所指的就是最广大的群众,最基层的劳动者。一切智慧,从根本意义说来原都是劳动和斗争的产物。广大的劳动者直接从事劳动,不但从整体来说,是最有活知识的,就是以个别的人来说,即使在剥削阶级高压统治的时代,广大劳动者当中,也经常涌现出卓越的思想家、发明家和艺术家。广大劳动者又必然迫切要求翻身,这种要求形成了"人民观点"。每一个世代的任何学者文人,只有当他们在一定程度上接受这种观点影响的时候,他们的劳绩才有价值可言。所有历史上一切有进步意义的文化,都有人民观点在各个程度上贯串其间。从这个意义看来,可不是"下下人有上上智"吗?

就以惠能和尚来说吧,一个舂米僧人成为"禅宗六祖",而且在禅宗各代的"祖师"中还是个佼佼者,不也在若干程度上印证了他自己所说的这句偈语吗?

我们就是不谈太广泛的事情,单谈文学艺术,那句话也是很能揭示真理的。即使在剥削阶级当权,他们竭力在控制着文学艺术的时代,广大劳动者仍然对文学艺术的发展发挥了巨大的作用。敦煌、龙门、云岗石窟的艺术,地下历朝的文物,都是劳动人民直接创造的,固然不待说了;就是文学,杰出的作者,总是由于受到了人民观点的影响,在人民生活中汲取了源泉,向人民群众学习了语言和向民间文学摄取了营养,这才写出了优秀的作品。《三国演义》等小说,虽然各各有一个著作者的名字,然而如果没有历代说书人的底本,这些小说就大抵不能产生。那些无名的说书人的血汗,也同样凝聚在这些名著当中。

就是在古代,也有一些艺术家能够在相当程度上意识到这一点。中外都有一些画家雕塑家,创造出一件作品来之后,悄悄躲在佛寺幕帷后面,或者混迹到群众当中,听取最普通的人的批评意见(南北朝时的雕刻家戴逵就是此中著名的一个)。白居易向老媪朗诵自己的诗作,以便随时改掉不够通俗的缺点;普希金向奶妈学习语言,也是人们所熟知的故事。

十月革命之后,社会主义现实主义文学的奠基人,不是由别的人,而是由一个胼手胝足的劳动者出身的高尔基来担当;在美国,最优秀的作家,像爱伦坡、惠特曼、欧·亨利、杰克·伦敦、马克·吐温等人,大抵都是出身自下层,他们起初或者是排字工人、码头苦力、水手,或者是被侮辱被损害的小职员。把这些事情归纳起来,很可以看出其中是有不少道理的。

还有一种现象更是够味,这就是群众对于作品的选择作用。这种选择往往比许多所谓批评家高明得多。当某些新作品面世的时候,就有好些人出来批评、介绍了。这些批评,有准确地反映了广大群众的意见的;有赞扬无度,说得天上有,地上无的;也有粗暴批评,抓住个别的缺点就声势汹汹,巴不得一棍子打死的。但是,经过群众的选择和时间潮水的冲刷,那些赞扬无度和粗暴凶横的批评到头来总是要给冲掉。而绝大多数读者的意见在这里却总是能起决定性的作用。封建社会的士大夫们,曾高喊不可看《西厢记》,不可看《三国演义》,然而这样叫嚷有什么用? 好书还不是广泛流传下来了! 也有一些作品,当年刚刚问世的时候,敲锣打鼓,闹得沸沸扬扬，但是经过群众选择，结论却不是那么一回事，历史上就不乏这样的例子。《三国演义》《红楼梦》《聊斋志异》《西厢记》等书被从题材、性质相近的无数小说、戏曲中选择出来，《天雨花》在浩如烟海的弹词唱本中被流传下来，是偶然的吗？从这里，我们可以看到普通读者在选择上的决定性作用。

最大量的，普通群众（有觉悟的群众又是一般群众的核心）的意见具有最大的权威，能够集中和系统地反映这种意见的批评常常是比较中肯的批评。有些人，喜欢听赞扬无度的话，陶醉在那些话里面沾沾自喜，结果就可能永远不知道自己作品在广大读者心目中真正的分量（好些本来很聪明的人在这些场合常常变得十分愚蠢）。有些人，一遇到粗暴批评就三魂不见了二，七魄丢掉了四，大大影响勇气和信心，其实这又何必？虚心去听取最大多数普通读者的意见，也许才能够真正做到"不骄不馁"。

在对这些事情的认识上，惠能和尚的那句偈语，由于它是抓住了"伟大寓于平凡之中"这一真理的，可以说是历久不磨。抹掉历史的灰尘，我们今天仍然可以看到它璀璨的光辉。

鲜荔枝和干荔枝

有一些事情,想象和事实是相差很远的。

鲁迅先生对这一点深有体会。他在那篇《读书杂谈》中讲到这样的事情:"这是的确的,实地经验总比看,听,空想确凿。我先前吃过干荔枝,罐头荔枝,陈年荔枝,并且由这些推想过新鲜的好荔枝。这回吃过了,和我所猜想的不同,非到广东来吃就永不会知道。"

这自然不是说,从已知的事物不可以推想未知的事物。但是事物可以推想是一回事,实地经验总比看,听,空想确凿又是一回事,这两个道理是同时并存着的。经验和知识丰富的人,可以有很强的推想能力。他所推想的事物有些恰如其分,有些要打个折扣,有些却仍不免和事实完全背道而驰了。

读了鲁迅先生关于鲜荔枝的味道,不能从吃干荔枝时所获得的感受去推想的那段话,我涌起了许多联想。

过去,我看到中药铺的海马在动物学里被列入硬骨鱼类,觉得十分奇怪。这种东西哪里像一条鱼呢?但是后来在一个海鲜酒家的门口看到一个巨大的玻璃水族箱,里面也养有活海马,看到它们薄薄的几乎透明的脊鳍、腹鳍慢慢摆动的情景,"它是鱼"的印象才突然清晰起来。在药材铺里看到的干海马,哪里能够从它们身上看到或者想到一点鱼鳍的痕迹呢！同样的道理，平时我们在海鲜市场上看到鲽鱼（比目鱼），我原猜想这种扁扁的像一只鞋底的鱼一定是贴伏在海底，行动极不灵活的；有一次看到一部记录海底水族生活的影片，才知道比目鱼平时是伏在海底不动的，但是当它游动起来的时候，却活泼得像一块手巾在海水中飘舞一样。

在我们想象中，没有月亮的夜里，海总是漆黑一团，伸手不辨五指的吧。谁知并不尽然，有一次我跟人一起在黑夜里到浅海边上捕鱼，每一脚踩下去，海水就涌起了美丽的虹光，异常耀眼。有些海域，由于动物尸体腐烂溶解出来的磷的积累，黑夜里水面也可以发出亮光。听说加勒比海就有一处海面，由于发出这样的光辉，夜里轮船通过时，乘客甚至可以在甲板上对着海水的光辉读书。

和这个恰恰相反，白雪皑皑的山峰，当阳光照耀的时候，依照我们没有亲临其境，也没有从旁人的叙述中知道那种景象以前的想象，大概总以为是灿烂得很，大可观赏的吧。实际不然，在那种时候，强光使人简直睁不开眼睛。有些人甚至因为勉强张目观看，把眼睛弄瞎了。

我们住在城市里，没有到医院去的时候，依照猜想，那总是十分肃穆，病人不是静静躺着，就是在缓缓地散步的吧。谁知事实并不尽然。有一些病人是适宜于做适当的运动的。他们正在嘻嘻哈哈进行集体操。还有一些临近出院的病人组织球队和医生护士进行篮球友谊赛，这真是凭想象决难知道的事情了。在我的想象中，精神病院里的病人大概是疯疯癫癫，胡言乱语的吧，其实不然。绝大多数神经病人都是相当沉默的，甚至好些还很有礼貌，言谈举止都很文雅。狂躁暴戾，反而是神经病中较少有的表现形式。

像这一类事情，如果我们在夜里挑灯闲谈，是可以谈它整个晚上的。看到的比原来想象的，或者旁人亲历后告诉我们比我们原本想象的经常相差很远。这表现了事物在一般性的基础上又各各有它们的特殊性。事物以各种各样具体的形式存在着。光靠猜想，往往离实际面目极远。怪不得中国古谚中有"读万卷书，行万里路"这么一句话了。没有行万里路的实践，万卷书往往也会变成死书。但要是能把这两者结合起来，就相得益彰了。有了一定的直接知识，书就能帮助人分析和认识生活，丰富的阅历也使人更好地领会书中的知识。它们互相激发、互相促进了。

毛泽东同志的《实践论》，科学地论述了实践和知识的关系，感性知识和理性知识的关系，指出要注重实践。而古代的墨家把知识来源分为三类，这就是"亲知"、"闻知"和"说知"。"亲知"是由感官亲历所得的经验而获得的知识；"闻知"是从旁人口头或书面传授得来的知识；"说知"是由前两者推理而获得的知识。多读书，多倾听使人获得"闻知"的知识；多思考，多推理使人获得"说知"的知识。这些自然都是很要紧的，但是如果没有"身观焉"的"亲知"，前两方面的知识虽然不是全部作废，也要有一部分失去光彩。因为"亲知"的知识原是一切知识的基础。

从干荔枝的味道尚且不能很好推知鲜荔枝的味道，更不要说凭其他果子来想象鲜荔枝的味道了。这种道理告诉我们，即使对于生活经验怎样丰富的人，"亲知"知识也是必须不断补充的。对创作者来说，不充分掌握"亲知"知识，必然不能活龙活现、细致生动地描绘事物。对批评者来说，没有相当程度的"亲知"知识，也不免于用"一般"的观念来代替"这一个"，难于对具体事物进行分析。批评家也必须深入生活，否则，隔靴搔痒的事情，总是难免的吧！

虾 趣

我家的客厅里挂着一幅齐白石的水墨虾画,那里面十来只虾,生动极了。一次,有个农妇来倒人尿肥,肩上挑着一担水桶,一进门来,看到那幅画,竟着了迷,担子没有卸肩,就站着欣赏,一面连声啧啧赞叹:"真像呀,就和活的一模一样。"

一个艺术家的作品,能够使一个普通农妇,忘记把水桶卸下肩来,就站在那儿凝神欣赏,这真是他从人民群众中获得的最崇高的奖赏了。

齐白石画虾之妙,大可以说前无古人,我们从各种画册中看到古代画家的虾蟹之类的绘画,没有一个比得上他。据说齐白石画虾数十年,到了七十岁时赶上了古人的水平,继续努力,进而踏入了更高的境界。这些画里的虾所以栩栩如生,是由于他深刻观察过真正的虾的生活,笔墨变化、写照传神已经到达了极高境界的缘故。

齐白石从少年时代起,就不知道观察过多少的虾了。他对这类小生物兴趣异常强烈。这从他的题画诗和随笔中我们完全可以体会到。他有一首画虾诗道:"塘里无鱼虾自奇,也从荷叶戏东西。写生我懒求形似,不厌声名到老低。"他的随笔中又有这样的话:"我住在朋友家,门前碧水一泓,其中鱼虾甚多,我偶然取出钓竿来,钓钩上戏缀棉花球一团,原意在钓鱼,钓得与否,非所计也。不料鱼乖不上钩,只有一个愚而贪食的虾,把棉花球当作米饭,被我钓了上来。因口腹而上钩,已属可哀;上钩而误认不可食之物为可食,则可哀孰甚!"从这一类诗文中,我们可以想见他对那些小生物深刻的观察和浓厚的情趣。

齐白石画的虾,所以这样充满了艺术魅力,不仅在于它一只只惟妙惟肖而已,也还由于:这些虾的布局是异常生动的,在素朴中体现了深厚,很耐看,很经得人寻味。

恐怕还不是很多人都知道江河的虾有一些是可以养在玻璃缸里的。实际上它和金鱼、热带鱼、斗鱼一样,也可以养。我曾经把一只虾养活了一个多月,观察过虾的生态。经过那一次之后,对于齐白石的虾画,不期然地提高了一点儿欣赏水平。

虾,随着环境颜色的不同,它甲壳上的颜色是可以发生变化的。江河里淤泥地带的虾,身上颜色黑些;沙底地带的虾,颜色洁白些。

活蹦活跳的虾,身体很透明,在它将要死亡的时候,透明程度就减轻了,逐渐转化为奶白色。越是生命力旺盛和食物充足的虾,它头部的那一团黑色的东西越显著。那是它的脏腑和未曾消化完的食物。活蹦活跳的虾,我们完全可以看到它的头壳里器官的搏动。

虾是喜欢嬉戏的,常常两只纠缠在一起,互相用长箝箝着玩。

虾在前进游动的时候,伸直了两只箝足,而当它遇险迅速后退的时候,两只长长的箝足就缩起来了。

虾吃食物时很小心,总是先用箝足去试探一下,然后赶紧后退,接着再试、再退,最后,它认定完全没有危险了,就放胆大嚼。吃东西的时候,用脚爪辅助,桡足快乐地划动着。有时,它仅仅用两只脚支地,其他的脚和整个身子都斜翘起来了。

……………

　　观察了虾的生态，我逐渐理解到：齐白石画那十几只虾，是费尽心机的，它们真个是多彩多姿！那画幅上面，既有来自淤泥地带的较黑的虾，也有来自沙底地带的较洁白的虾。它们头壳里那一团黑色的脏腑，都很鲜明，这表现了它们的生命力异常旺盛。它们有正在向前游的，也有正在向后退的，更有正在嬉戏和觅食的。虽然画面上并没有出现藻类、沙石、溪涧、水纹，但是只要看到那些虾的姿态，仿佛这一切都已经有了。不知道这位老画师是观察了多少的活虾，才能够画虾画得这样出神入化的！

　　我们试想一想，如果画面上的虾，都是正在向前游的，或者都是正在向后退的，总之，如果都是一个模样儿，那么，它的艺术魅力就没有现在这样深厚了。因此，齐白石的虾画，不但启示我们，在生活中深入观察的重要，也还启示我们，无论是如何"单纯"的东西，里面都必须寓有"深厚"才行。

　　上面一个道理，是许多人都知道的，后面一个道理，也许知道的人就不是那么普遍了。齐白石的虾画，虾如果减到只有几只的话，那几只，也总是神态各异，极少重复。这些，都足以说明后面这个道理。

　　如果我们从这一点想开去，为什么有些小诗，寥寥二三十个字，就那么世代脍炙人口？有些短文，篇幅极短，却那么震撼人心？扇画小幅，苏州园林，格局很小，却总是那么引人入胜？奥妙之处，不是就由于它们在朴素中寄托了深厚，在单纯中体现了丰富；如果是诗、文，又总是有较强的思想性和较高的艺术性结合着的缘故吗！

　　不管你把那叫做含蓄也好，深厚也好，丰富也好，精致也好，反正就是这么一些东西，使那貌似平凡的一件小小的艺术品，变成光辉灿烂了。

《最后的晚餐》

若干年前,在武汉一所美术学院的展览会里,我看到好些相映成趣的古画印制品。其中,以耶稣和十二个门徒在吃最后的晚餐为题材的各种绘画,给我的印象尤深。文艺复兴时期意大利画坛三杰之一的达·芬奇的那幅著名的《最后的晚餐》,就是这些画里面的一幅,所有同类题材的绘画和它比较起来,都黯然失色。

依照传说:耶稣在耶路撒冷的神殿上,痛斥伪善的人是毒蛇的子孙,是装着死人骨头的坟墓……。想陷害他的人对他更加痛恨了。一个立心叛变的门徒犹大决定出卖他,暗地去见祭司长,答应做内应帮助他们捉拿耶稣,并接受了祭司长的三十枚银币。耶稣预感到形势不对,召集门徒,在一个节日前夕共进晚餐。这一次"十三人的晚宴",气氛是很沉重的,因为餐后耶稣即被逮捕,并且隔天就给钉死在十字架上了。

这样一个题材,在中世纪宗教气氛浓厚的时代,自然有许多画家都致力于表现它。但在没有看那次展览会之前,我不知道竟有那么多的绘画描述了这个故事。达·芬奇的画在这当中毕竟是出类拔萃的,他画耶稣坐在一张长桌的中央,神情悲愤严肃,摊开了两手,似乎正说出了有人要叛卖他的话,这话立刻引起了十二个门徒的震动。他们有的走到耶稣的跟前来询问,有的惊愕得伸开了手掌,有的异常悲伤,有的窃窃私议。而犹大则惊惶地把手按住了钱袋。这十二个人分成了数组,各有各的激动的神情。这一切,又是紧紧围绕着作为全画中心的耶稣的。它由各个生动的细部组成,而又浑然形成一个完美的整体。它把活泼和沉重,单纯和复杂都巧妙地统一起来了。

据说,熟悉圣经故事的人还可以从每一个人的举止和神情,分析这十二个门徒平素的性格。那容易激动的是彼得,那沉着的是约翰,那厚重的是安得烈,猥琐的则是犹大……。每一个人都这样栩栩如生,使你想起许多古老的故事。仿佛这些死了一千多年的人,尸骨已经化为泥沙草木的人,忽然又一个个地复活,从泥土里钻出来,附身到墙壁上去,构成了那幅壁画似的,全画的气氛生动极了。

和这幅名画并列在一起的其他同一素材的绘画,所以相形失色,原因很多,当时我比较之后获得的主要印象是:它们没有一幅能够表现这么生动饱满的内容。有的画面上呈现出一片悲怆肃穆的气氛,但是人物直挺挺地坐着,看不出各有什么特殊的性格;有的各个人物比较有些个性了,但是画面又显得杂乱不堪,看不出重心所在。它们都不能达到细部和整体,复杂和单纯的和谐统一。因此,在那一系列绘画当中,你一眼望去,很快就可以发现鹤立鸡群的达·芬奇的绘画。时间的潮水和群众的抉择是厉害的,在艺术品中,人们总是能够从沙里面淘出金子来。

据说达·芬奇在米兰一间教堂里绘制那幅壁画是呕尽心血的,他细心揣摩十二门徒的个性,加以表现。后来耶稣和十二门徒的形象都大体画好了,独独缺少叛徒犹大的头没有画,他要去找寻一个最奸诈卑污的人的面孔作为他描绘的依据。为了这,他整天在米兰各个偏僻肮脏的角落里徜徉,到处观察人物,仅仅为了这一个犹大的头,竟使那一幅壁画迟迟不能完成,并因此受到主教的许多责难。单是从这么一件事,就可以想见他在艺术工作中认真的态度了。那样卓越的绘画的诞生决不是偶然的。

那次的参观使我留下颇深的印象。我想:没有精彩的细部,就很难有卓越的整体。这道理是很浅显的。但是,细部好了,还得结构和谐完整,才能够构成卓越的整体。没有这种和谐,就变成驳杂纷乱了。这种道理,不但存在于绘画中,也存在于一切艺术领域中。优秀的文学作品,正像达·芬奇的绘画似的,处处使人感到饱满生动,而整个看来又使人感到统一和谐,重心突出。至于那些比较差或很不好的作品,或者是虽有精彩的细节,但是整个看来却是杂乱的,不和谐的;或者是连精彩的细节也没有,整部作品都像泥河似的,慢吞吞地,毫没光彩地流动着。至于思想性贫乏的作品,就更不待说了。达·芬奇深入观察、苦心经营所获得的成就,对我们不懂绘画的人,不也有很好的启发么!

尽管宗教是人们精神上的鸦片,但这并不妨碍无神论者对于古代艺术的欣赏。

茅台、花雕瓶子

中国有声誉卓著的"八大名酒",我们这些"最轻量级"的酒客,虽然喝酒不多,但是总算尝过它们的味道。有时,即使不喝,也会闻一闻它们的香味,端详一下它们的颜色,欣赏一下它们的瓶子。

谈到这些名酒的酒瓶,模样儿可就多啦。像那些山东白兰地、味美思、红葡萄酒,不用说都用的是漂亮大方的玻璃瓶子,汾酒、竹叶青、西凤、大曲,用的玻璃瓶子也各具特点。这里面,唯独茅台和花雕(绍兴黄酒),还是保持着原来的气派:茅台酒还是按照着一两百年的老习惯,用个圆柱形、小嘴巴的陶瓶子来盛载;花雕呢,则常常是装在一个大肚子的上釉的粗坛子里。从外表来说,它们都仍然保持着几分朴素以至笨拙。如果和另外一些虽不是极其著名,而却异常考究装潢的酒类比较起来(这些酒的瓶子有细瓷的,也有镂花玻璃的,简直都像一件件工艺品),它们的"衣裳",样子是显得有些寒伧的。

茅台和花雕瓶子的这种模样儿,讲起来是源远流长了。早在清代,花雕坛子就曾经被用来养"槽鸡"(在坛后开一个孔排泄秽物,鸡被"槽"在其中肥育,那是贵族官僚们的一种食品)。至于"茅台瓶子",佻皮的姑娘们用它们来谐谑地比喻女伴粗壮的腰围,更加是历史久远的事了。

这两种酒,应该说,在"八大名酒"中也是很杰出的。花雕也有人叫做"状元红",从前数"梨花落"的就有"饮酒要饮状元红,访友要访好宾朋"之类的唱词。茅台酒,这些年来更是倾倒了无数国际友人,不知有多少外宾称赞过这种酒是世界第一。总之,它们都是够美妙的。如果它们不是这样杰出的美酒,那些盛器的模样儿我想早已改变了,全国各地许许多多普通的酒类,有哪些还是被装在古老的、朴拙的盛器里的呢!

但是,茅台和花雕的瓶子,虽然朴拙,也自有它们卓特的地方,它们独创一格,不落窠臼,任何人只要认识它们一次,以后就会永远地记住它们的尊范了。它们在不事装饰中,又自有其独特的装饰。

正是由于酒太好了,那些瓶子也引起能够赏识酒味的人的喜爱,不是有好些人,就是用茅台和花雕瓶子来插花的么!听说在日内瓦,在一次中国宴会上,有位外国记者郑重地提出一个要求,原来他就是希望得到一个茅台瓶子。

任何譬喻原都有它们蹩脚的一面,但是我们也许可以"取其一点"来譬喻一下:茅台或花雕的内容(酒味)和它的形式(盛器),存在着一种奇特的关系。由于它的内容太卓越了,朴拙的形式并不造成不良影响;相反的,却使它们相得益彰。"朴素的美",原是靠异常出色的内容的美才挺直起脊梁来的。

我们常常看到许多文艺随笔一类的文章,在谈论朴素美。安徒生说过这样的话:"镀的金会磨光,猪皮倒永远留在那儿。"托尔斯泰对它就曾经深为赞许。对!朴素是使人喜爱的。我们从许多艺术大师的作品中经常可以看到朴素美的闪光。他们常常用很简洁的笔墨,不借助许多形容词或者什么绮丽词句,就生动活泼地描述了事物,表达了深刻的思想和强烈的感情。有一些大画家也是一样,他们的杰作,画面上有时只出现一些很简单的东西,然而却有使人凝神观赏,余味回甘的艺术力量。不过,即使这样,我们也不应该把朴素美当做唯一的美。美有各种各样的形式。可以华丽一些,可以朴素一些,也可以朴素与华丽交错并存。"淡妆浓抹总相宜"这句话说得好极了。真正具有实质的美的东西,可以采取各样的形式来表现它。茅台或花雕的瓶子是别具一格的,但是不能说其他美酒的瓶子就不值得欣赏了。

其次,"朴素",也并不是说不要装饰;"淡装",也毕竟"装扮"了一下。茅台和花雕的瓶子,看来朴拙是朴拙了,但是仍然有它的装饰美在内。采取独特的形式,在朴素中注意到和谐、端庄、厚重、光泽,这也就是它们的装饰美。

尤其值得我们注意的是:如果不是内容异常卓越精彩,只去讲求表现形式的朴素,到头来只不过搞出一堆令人感到味如嚼蜡的东西罢了。我们欣赏唐代大诗人的作品,常常觉得它们变化万千。有时艳丽,有时朴素;有时强烈,有时恬淡;有时浩浩荡荡,有时曲折诡奇……甚至在一家的作品中,也有各种各样的手法。大抵,那些用平白如话、淡得出奇的白描句子来起头的好诗,后面往往"铁骑突出刀枪鸣"地出现警句。这类诗篇,不是以辞藻风物胜,而往往是以思想感情方面"独标高格"取胜,那个"诗眼"一点上去,就像画龙点睛似的,通篇诗都突然光彩焕发了。李白的"两人对酌山花开,一杯一杯复一杯。我醉欲眠卿且去,明朝有意抱琴来。"杜甫的"二月六夜春水生,门前小滩浑欲平。鸬鹚鸂鶒莫漫喜,吾与汝曹俱眼明。"孟郊的"试妾与君泪,两处滴池水;看取芙蓉花,今年为谁死!"可以说都是例子。如果一首单纯写景而极少寄意的诗,采取这样朴素的形式,就未必能够恰到好处了。在这种场合,深厚的内容和朴素的形式辩证地统一起来了。

美术方面也有这种情形。大抵本领高强、作品寓意深厚、耐人寻味的画家,才敢于在画幅上萧疏平淡地仅仅画上一点东西,而留下很多的空白。"墨有五彩"的说法,也只是对于作品内容深厚、技巧卓越的画师来说罢了。对于另外一些人,"色彩"毕竟比"墨"要容易有效果得多。

在节日游行的时候,我们看到体育健儿们仅仅穿着一条短裤和一件运动背心在游行。那肌肉,那风采,那"健与力"的气派,着实令人赞美。但是对于一排排肋骨像洗衣板的瘦子,或者膘肥肉满、圆圆滚滚的大胖子来说,穿那样的服装游行恐怕就很不雅观了;即使对于一般人来说,穿背心短裤的服装参加游行恐怕也没有高度的必要。

因为常常听到有人在谈"朴素",这里也就趁热闹来谈一谈了。我以为:"大巧谢雕琢","寄至味于淡泊",都很对!但是,朴素美是决不能离开深厚的内容而存在的。

中国的酒类很多,何以特别美妙的佳酿,如茅台、花雕才会长期被装在朴拙的瓶子里,——这原因,我以为值得一切"艺术的酒徒"斟酌寻味。

河 汉 错 综

同样一个剧本,因为演出地区不同,经过长期衍变的结果,常常在同样故事骨干的基础上,出现许多悬殊的小节。比较这种差别,是一种发人深思的事。

《白蛇传》故事,在几乎所有剧种中,白娘娘的女侍小青,都是雌蛇变成的,唯独在川剧中,却是雄蛇变的。川剧的《白蛇传》故事,讲白蛇下山的时候,遭到了一条青色的雄蛇的追逐,青蛇被击败后,就俯首帖耳,心悦诚服,化成小青,服侍着白娘娘,永无异心。

初看川剧《白蛇传》的时候,觉得十分奇特。但细想一下,这又有什么不好呢?这不也同样表现了青蛇的义气吗?它又何损于整个神话故事的发展呢?

《秦香莲》的故事,国内许许多多的剧种,描述的都是:秦香莲被陈世美抛弃和逼害之后,死里逃生,向包公投诉,包公铡了陈世美,给她申了冤。唯独淮剧却有另一番情节:秦香莲被陈世美的刺客义释以后,死里逃生,遇到道行高深的人物的搭救,练得一身好武艺,终于女扮男装,改姓换名在边关立了战功,逐渐升为统帅,后来自己回京的时候,亲自违旨杀了陈世美,反出京师……这就是淮剧《女审》中的故事。

初初看到这个情节的时候,也是觉得特别的。但仔细吟味,它又何尝不是言之成理呢?情节的河流曲折地经过这么一个河床,也是未尝不可的。

《梁山伯与祝英台》的故事,在"十八相送"那一折之后,全国许多剧种,都是描述由于师母做媒,梁山伯才恍然大悟,知道那位在路程上说了许多迷离惝恍的话的同学原来是个少女。但是在广东的潮州戏中,这情节却又是另外一个面貌了:它表现梁山伯送走祝英台后,归程时疲倦已极,在树下入睡,梦境中却见到祝英台已经着上女装,把在十八相送路程上和他说过的话重说一遍。于是,梁山伯惊觉过来了,仔细推敲,不待别人提醒,自己就断定祝英台是女扮男装的了。

我十分喜欢这个细节。它是有充分的心理科学的根据的。一个人在睡梦中,由于摆脱了习惯观念的羁绊,隐约感到的事情突然清晰起来,是完全可能的。而且在舞台上这样来表现,也充满了抒情的优美气氛。

这些神话、传说、民间故事在各地舞台上的差异,充分地告诉我们:生活的细节是千变万化的,决不是一成不变的。

你登高看过水网地带河汉错综的景象吗?

从高山上俯瞰下去,河汉溪流像是蛛网似的,像是叶脉似的,错综复杂。它们熠熠发亮,四面放射。乍看起来,好像互相纠缠,没有什么条理;但是仔细辨认,就会觉察态势万千的溪流,像树叶的支脉那样,归根到底总是汇集到主脉上面,而主脉,又总是有一定的流向的。

这种水网地带的景象,和社会生活的事像道理上颇有一脉相通的地方。反映生活的文学作品,千差万殊的情节,和这种道理也有相通之处。

那就是:不管形式上怎样错综复杂,变化诡奇,实际上总有一个基本的道理贯串其间。

但是基本道理只体现在它的总的方面。至于细节,却尽有许许多多的表现形式。

一条大河,总有一定的流向。譬如长江、黄河,都是从西向东的。但这只是就整体而言,这样地作出结论,并不等于说长江、黄河的任何一小节,流向都是自西向东。在某一小节上,长江、黄河可以由北向南,由南向北,甚至有由东向西的反常曲折,这都是真实的,任何人只要翻看一下地图就明白。我们不能因为只看到总的流向,就以为每一小节的流向都是这样;也不能因为看到一小节江河流向的异常,就忘记了那个总的流向。

在《白蛇传》中,白娘娘有个随身女侍,但是我们决不可认定小青一定是雌蛇变的,雄蛇就变它不成。在《秦香莲》中,秦香莲的冤抑总是要设法申雪的,但是我们不能认定除了包公出现,决不会有报仇的结局。在《梁山伯与祝英台》中,梁山伯到最后总是要知道那位亲密的同窗原来是个姑娘,但是我们不能认定除了师母说穿,梁山伯就始终不会明白。假如在我们观念上"情节总是这样固定的",川剧、淮剧、潮剧就会狠狠地给我们当头一棒了。

对于社会生活中许多细节的了解,假如有一种简单化、划一化的观念,也总是要碰壁的。

有时看到一些批评文章,指责某些文学作品细节"不真实",所持的理由不是别的,总是根据一些社会科学上的结论,去套每一个生活细节,不相符合的就以为不对。在这一类批评者心目中,好像全世界发生的每一个故事细节都要由他来批准似的,这真是奇怪的事情!社会、历史有一个总的流向,这是完全肯定的。而生活的细节则像是浪花飞溅似的,可以有无穷无尽的样式。如果不能容忍许多曲折独特的细节出现在文学作品中,势必影响某些作者不能创造性地处理丰富多彩的题材,而总是满足于"一般的情节"。结果就会使这部分作品减少了光辉。

如果我们没有理由反对川剧、淮剧、潮剧那样演他们的戏,我们也没有理由为文学作品随意规定细节。生活的海洋是多彩多姿的,我们可以知道海洋的一般性质,但是那里面我们不知道而等待人们告诉我们的鱼虾、海兽、贝类、水藻,却是太多太多了。

举这些传统戏做例子,目的不过为了说明这点道理。至于这些传统戏在我们的时代,应该怎样改革,怎样推陈出新,那却是另外一个问题了。

细　节

　　在艺术史上有过许多这类的逸话：人们从一些事理的微小的裂缝中发现了可以乱真的赝品。传说，宋代名画《清明上河图》，在明代曾经被人假冒过，假冒是到了维妙维肖的地步的。但是，赝品的《清明上河图》，里面有一只麻雀竟然跨了两行屋瓦，真品是决不致有此败笔的。仅仅是由于这一点儿微小的破绽，赝品就给一个眼睛锐利的人看出来了。在欧洲，也有一个艺术掌故和这传说相映成趣。若干年前，西德有人借口一座古老的教堂行将倾倒，把它封闭起来，在里面绘上假冒的古代壁画，然后伪称那是十二世纪一个著名画家的作品，借以耸人听闻，招摇骗钱。壁画也着实假冒得维妙维肖。但是，那里面描绘古代村镇的生活，家禽中竟出现了吐绶鸡，而吐绶鸡，原是十五世纪末哥伦布到达美洲以后，它才和烟草、马铃薯、番茄、玉蜀黍、可可、番薯、橡胶、金鸡纳霜等物一样，传入欧亚等洲的。在那个教堂里，一幅幅假冒的古画都达到了乱真的程度；但是，仅仅是由于出现了吐绶鸡，存在着这点事理上的小裂缝，"十二世纪的古画"之说，立刻就被某些明眼人看出破绽来了。

　　没有细节的真实，就不能给人以高度的真实感。这一类例子，我们是可以举出许许多多的。

在剧场里看戏,我们许多人都有过这样的经验,当情节十分合情合理、细致感人的时候,随着人物对话的进行,我们也仿佛走进了一个真实生活的境界。但是,如果舞台上人物的对话,忽而有一两句是显然背离生活的逻辑,令人完全不能置信的时候,我们就会猛然惊觉,意识到"这不过是在做戏"罢了。有一些表现古人生活的戏剧,当古人突然说出一句现代人才有的口语的时候,有时台下会突然爆发一阵不能自已的笑声。这不是人们在欣赏戏剧时获得了美感,或者被舞台上人物的噱头激发出来的笑声,而是由于大家发觉了事理上的裂缝!这情形,使人想到,卓越的艺术才能够把人引进一个忘我的境界,而蹩脚的、有破绽的艺术却没有这种魅力。后者,由于到处存在着那些事理上的裂缝,存在着那些不真实的细节,人们是没法走进艺术欣赏的忘我境界中去的。

不论是戏剧、小说,我们在欣赏时都有这样的状况。那些能够支配人们的喜怒哀乐的杰作,不管它整个故事是怎样出自虚构(概括生活素材的艺术虚构),然而却充满了合情合理的细节上的真实。这样的作品,只要它所体现的思想是能够使人产生共鸣的,它们往往有很大的艺术力量。一切卓越的作品,如果把那些绘声绘影、栩栩传神的细节抽掉,使它们仅仅存下一个故事的梗概,它们的魅力也就消失了。正是这许多真实的细节使那些作品形象饱满,并且光芒四射的。

一幅画,从远到近,画了许多鸟,极远处的鸟,只要像个人字倒过来似的,描上两笔,也就算是只鸟了,然而极近处的那一两只鸟,却必须画得异常真实生动。而且,说也奇怪,要是近处这只鸟画得像了,似乎画幅上整群鸟都活了起来;如果这只鸟画得走了样呢,那整群鸟也就很不真实了。越具体的所在,就要求越高度的细节上的真实。有好些作品,就是在"最近处一两只鸟"上功夫不足,而致败坏了全局,使人对画面所描绘的事物,觉得虚假和模糊,或者只有平面感觉,而缺乏立体感了。

艺术创作上的虚构,要求的是在概括大量生活素材基础上的虚构;而表现细节上的真实,又要求作者具有极其丰富的感性的知识。讲来讲去,没有一件是能够离开生活体验和广泛知识的。何以世间有许多卓越的异常年轻的诗人,却很少年轻的戏剧家和小说家?这当然是相对而言,但这种现象的存在,我想也可以从这里联带获得解答。

数字与诗

如果有人说,"把数目字写到诗里面去,有时很能够增添诗意",我们起初听起来,也许会不大相信。

因为,数目字往往是比较单调的,有些文章里面,多引用了数目字,都会令人感到枯燥、困倦,更何况是诗呢?

然而诗歌中适当引用数目字,有时的确格外情趣横溢,诗意盎然。我觉得唐、宋许多杰出诗人,都是深懂"此中三昧"的。

请看看下面这些诗句:

一封朝奏九重天,夕贬潮阳路八千。

——韩愈

锦瑟无端五十弦,一弦一柱思华年。

——李商隐

金樽清酒斗十千,玉盘珍馐值万钱。

——李白

霜皮溜雨四十围,黛色参天二千尺。

——杜甫

一身去国六千里,万死投荒十二年。

——柳宗元

日啖荔枝三百颗,不辞长作岭南人。

——苏轼

三万里河东入海,五千仞岳上摩天。

——陆游

  从上面例子中,可以见到:这些诗人,不约而同地在某种情形下,都擅于把一些具体数字,编织入诗,就像在云锦中织入了金线黑丝似的,自然得很。我们读来,不但不单调,而且感到生动极了,传神极了。柳宗元诗句中如果不是采用了那些数字,他的贬谪流浪、沉郁苍凉的感情便未必能表达尽致;陆游诗句中如果不是采用了那些数字,北国风光,河山壮丽的景象便未必能给人一种清晰如画的印象。

  数字在这些场合起了一种奇特的作用,它使描述的事物高度形象化、明确清晰起来,特征也就分外显著了。像杜甫描写孔明庙前那株古柏,如果笼笼统统以"枝干参天"之类的词语来形容,就会流于一般,决不能取得这样的艺术效果。

  这些充满了数字的诗的奇特的艺术力量,如果我们寻根究底分析一下,正是"高度形象化"、"具体事物具体处理"、"非常之事用非常之笔"所产生的艺术力量。

画蛋·练功

中外美术史上有些事情,可以说常常相映成趣。

中国唐代的吴道子有"画圣"之称。他十二岁开始学画,五十多年没有间断过艺术生活。他画的人物,前人形容它有"八面玲珑的妙处"。传说他初学画时画过许多鸡蛋。因此以后画起圆圈来,信笔一挥,就像用圆规画成一样,"令人看见惊栗"。

欧洲文艺复兴时代的著名画家达·芬奇,画过《蒙娜丽莎》、《最后的晚餐》和许许多多其他著名的画。据说他小时候学画也是从画鸡蛋、画苹果开始的。他的老师起初总是要他画这类东西。达·芬奇不耐烦的时候,老师就这样告诉他道:"别以为画蛋很简单,很容易,要是这样想就错了,在一千只蛋当中从来没有两只形状是完全相同的。即使同是一只蛋,只要变换一个角度看它,形状便立即不同了。例如把头抬高一点,或者把眼睛看低一点,这个蛋的椭圆形轮廓也大有差异。所以,如果要在画纸上准确地把它表现出来,非要下一番苦功不可。多画蛋,那就是训练眼睛去观察形象,训练手随心所欲地表现事物,等到手眼一致,那么对任何形象就都能应付自如,这个基础工作必须首先做好。"

达·芬奇听从老师的话,一步步努力,终于成为卓越的画家。

中西画史上都有这么一桩轶事。这说明"千里之行,始于足下"这道理，原是放之四海而皆准的。

基础的功夫很重要，好像积木游戏，底下不端正，搭起来的东西就容易倾倒，就是不倾倒，也很容易歪歪斜斜。有些不是科班出身的演员，成为著名演员之后，仍然必须大练基本功，道理也正在这儿。

必须打好基础，才能够建造房子，这道理是很浅显的。但是好高骛远、贪抄捷径的心理，却常常妨碍人们去认识这最普通的道理。

不但在开始学习的时候，应该从最基本的事情入手，就是到了获得卓越技能之后，也仍然必须不断"练功"，这道理比上面的道理，也许就要稍深一层了。

某些有经验的作家谈到他们锻炼文笔的情况时常常说："我们每天都得写些东西，这样笔才不至于荒疏。每天一定要写两小时，没有材料写的时候，就写读书笔记，写书信，甚至描写窗外风景，这些东西不一定要拿去发表。经常这么动笔，真正写作起来才可以挥洒自如。"我想这些话是很有道理的。虽然不一定要天天写，但是经常"练功"是有必要的。比较成熟的艺术家如果不是经常"练功"，欣赏的水平一天天高了，而表现的技术却没有相应提高，时长日久，就很容易形成"眼高手低"。程度不严重的"眼高手低"还不怎样碍事（也许眼力比手力高些是在人们中间普遍存在的状态），程度一严重了，就只好搁笔了。"眼高手低"常常是使许多原来的名手渐渐无声无息的重要原因之一。

为了避免这种状况，"练功"就很重要。齐白石、徐悲鸿都留下了许多类似速写素描的小画，数量之多颇为惊人。这就是他们经常"练功"的物证。梅兰芳、盖叫天等卓越的表演艺术家，到了五六十、六七十之年还是经常吊嗓子、练身段、温习腰腿功夫。他们所以成为"永葆其美妙青春"的优秀艺术家，这应该说是原因之一。

不但戏剧家、画家要"练功",作家也应该"练功"。"曲不离口,拳不离手",这俗谚正好说明了练功的重要。

看来是普普通通的练功,它已经超越过"画鸡蛋"的初级阶段,具有维持和发展练功者的艺术高水平的意义了。即使是世界的举重冠军、乒乓球冠军,也是非经常练习举重和打乒乓球不可的。

画蛋、练功这样的事情,应该包含在艺术工作者整整的一生中。

秘　诀

　　据我所知，常常有一些年轻人写信给某些作家、艺术家，要他们传授"秘诀"，好像艺术家们同民间传说里古代的猫一样；猫把一切本领传授给老虎，独独留下一手爬树的本领没有教，以便在老虎发恶起来的时候可以逃命。作家、艺术家们接到那样的信，常常只好苦笑。

　　其实在艺术工作中哪有什么"秘诀"？

　　有一个关于晋代书法家王羲之父子的传说，很可以表明这点道理。"陶铸百家"、"临池学书，池水为墨"的王羲之，一次，当他的儿子向他请教书法的秘诀的时候，他指着家里十八只水缸说："写字的秘诀就在这些缸里面，你把十八只缸的水写完，就知道了。"他的儿子听后，再不敢妄图侥幸走上捷径，经过真正的勤学苦练，终于也成为书法家。

　　最近，我听说有一个少年人去请教一个善于玩转碟子的杂技演员，练熟这门功夫的秘诀在哪里。杂技演员除了告诉他一些经验外，还带他去看自己床铺底下的一大堆摔破了的碟子，告诉他说："秘诀就在这儿。"

　　这些故事颇有异曲同工之妙，它告诉人们："在艺术工作上，没有秘诀。"如果说书法、杂技这些功夫都全靠勤学苦练，更不要说要求有高度思想性和生活体验作基础的其他艺术部门的功夫了。

有些人所以以为艺术工作有什么秘诀,是因为他们把艺术和什么"祖传丸散""秘制膏丹"或者什么纯技术性的事情(如绘画时用几种颜料配出某一种颜色)混同起来了。我们可以读到各式各样的美学论文、艺术工作经验谈,然而,那都不是"秘诀",那都不过是一些艺术工作的根本规律的探讨,或者一些个别的经验之谈罢了。它们,如果是正确的话,就像是一块块指路的"将军箭",告诉人们,通过什么道路就可能达到什么结果。至于"走路"的事情,仍得靠各个人自己去走。对于不肯付出辛勤劳动的人,这些美学理论、艺术经验谈并不能起什么作用。这正像立场不正,或者没有斗争经验、知识贫乏、懒于思索的人,即使把一本关于辩证唯物主义的书籍背得滚瓜烂熟,也并不可能由此掌握辩证法的道理一样。

然而,有些人不是这样想,他们以为某些艺术家掌握了一些"秘而不宣"的手段,当做看家本领,当做"杀手锏",不肯告诉旁人。在他们心目中,这种手段有点像《天方夜谭》里面神奇的咒语,谁掌握了它,念上几句,宝山的石门就会自动启开。这种观念是十分荒诞的。但是奇怪得很,社会上有并非很少的人对艺术工作存在这样的观念。只要你去探询一些艺术工作者收到的信件的内容,就可以发现这种状况。

对于那些经验丰富的人是直接经验的事物,即使它们被写了出来,对于经验缺乏的人仍然是间接经验。这正是一切"经验谈"所以不能够起神奇的作用,而只能起一点指路作用的原因。我常常想:如果把古今一切优秀的艺术家勤学苦练的故事搜集起来,编成一本书,那内容该是多么惊心动魄呵!前辈们流血流汗积累了经验,当他们将火把传递给后人的时候,后人又必须以生命的火焰去燃点它，那艺术的火把才能够继续熊熊燃烧。因为只有通过自己的辛勤劳动，前人的经验才能够化为自己血管里的血液。更何况，在艺术领域里，一种无形的，但是比运动场上的竞赛还要激烈得多的竞赛始终在进行着。群众不喜欢平庸的艺术，群众总要找那些"顶儿尖儿"的东西来欣赏。因此，一个时代的艺术水平总是不断在发展的。昨天大家认为好的东西，当整个水平提高的时候，它可能今天就变成不及格了。高尔基曾经意味深长地说："天才就是劳动；人的天赋就像火花。它既可以熄灭，也可能燃烧起来，而逼使它燃烧成熊熊大火的方法只有一个，就是劳动，再劳动。"如果说世间真有所谓艺术"秘诀"，也许应该算这一类的言谈了。

哲人·小孩

读一些卓越作家的直抒胸臆之作，我常常有一种奇特的感受。觉得：他们有时像是哲人，有时像是小孩，思想家的锐利和童稚的纯真互相交织着，形成一种能够紧紧攫住人心的艺术风格。

高尔基的《回忆托尔斯泰》一书，我在书上的空白处作了一些记号，闲来随手重新翻翻，注意到一件很有趣的事情：高尔基和托尔斯泰，他们互相观察对方时，都感到对方时常好像孩子，虽然那时他们（特别是托翁）已经是有一把胡子的人了。

高尔基有一段话这样描绘托尔斯泰：

在他讲话的时候，他的眼睛起了奇怪的变化，一时变得像孩子似的可怜，一时又发出一种冷酷无情的光，他的嘴唇在颤抖着，他的唇须竖立起来。他说完了，从他的粗布衣服的口袋里拿出一块手帕来，使劲地揩他的脸，虽然他的脸上并没有淌汗……

在托尔斯泰眼中的高尔基又是怎样的呢，高尔基记述了托翁的这么一段话：

他（托尔斯泰）猛然把全个身子抖了一下，用一种好意的声音向我要求说:"现在您给我讲个故事吧,您讲得很好。……讲点您做小孩的时候的故事。人很难相信您也做过小孩来的,您是个多么古怪的人。好像您生下来就是个成人似的。在您的思想里面,却有着很多小孩的成份,有着很多不成熟的东西,可是您对生活已经知道得够多了;不应当再多了。来,讲吧……"

请看,他们彼此之间,既互相钦佩对方的智慧,又觉得对方"好像孩子"。托尔斯泰说的:"在您的思想里面,却有着很多小孩的成份,有着很多不成熟的东西……"这话我以为并不是贬词,因为紧接着的话竟是:"可是您对生活已经知道得够多了;不应当再多了。"这里所谓"不成熟的东西",大抵是指和世俗某些成人的思想状态不尽相同的那些地方罢了。

很奇怪,我所接触的那些作品有巨大感人力量的优秀作家,也往往使我想起"哲人和小孩的混合体"这样一句形容短语。他们锐利的思想使我想起了哲人,而他们那种纯真、直率、敏感、幻想、好奇、专注,却往往使我想起了小孩。有时,在和这样的人谈话的时候,面对白头发下的一张苍老的脸孔,听着他的童稚似的笑声,看着他的闪闪发亮的眼睛和全神贯注的风采,竟使我不期然幻想起这类人物儿童时代苹果似的脸庞。

为什么人们会有这样的联想呢?关于前一点,这是很容易索解的。任何优秀的作家都必然具有一定高度的思想水平。离开了这一点,作家就很难当得下去。因为思想水平低下,作品也就难免黯然无光。今天我们时代最优秀的作家具有高度的政治思想水平,自然不待说了,就是在比较遥远的历史年代,当时优秀作家们的思想水平,虽然在今天看来历史局限性很大,甚至有的还存在不小的缺陷,但是和他所处的那个时代、那个环境比较,他必然是较多地接纳了人民观点的人,在思想上有他的相当先进的一面的人。

他们具有思想家的风度,是自然不过的。

另一方面,这些人常常给人以"像是孩子"的印象,也是合情合理的事。文学是通过个性来表现共性的,文学贵于有"我","我"的独特感受,"我"的新鲜语言;不敢酣畅淋漓地流露这个"我",即使其他的条件具备了,也很难有新鲜的艺术风格。杜甫描述他少年时代的生活道:"忆年十五心尚孩,健如黄犊去复来。庭前八月梨枣熟,一日上树能千回。"瞧,多么生动地描写了一个像小牛犊似的少年的风貌!其后,这个少年长成了,"朝扣富儿门,暮随肥马尘"。"少陵野老吞声哭","白头乱发垂过耳"那一类的句子又出现在他的诗篇中了。如果他不是通过自己的独特感受刻划他所处的时代,纯真直率地倾诉他的遭遇和胸臆,他的诗,就不可能给人以这样深刻的印象和强烈的感染了。

有一些优秀的作品,你在阅读的时候,觉得那个作家仿佛就在跟前,他的思想感情,他的动静语默,他的声音笑貌,仿佛可以触摸似的。但是也有这么一些作品,你读了,总觉得那个作者是站在遥远缥缈的地方,这些作品的内容虽然没有错误,但是你总觉得那个作者的态度是不亲切的,他像是在背诵一些什么,或者平淡地在代人叙述一些什么,你不会听到他的出自肺腑深处的真挚的声音。这样的作品,一般总是缺乏艺术力量的。

我想,这种状况的存在,正好说明:为什么许多伟大艺术家,常常在某一方面给人以"像个孩子"的印象。因为例如上面所提到的,在纯真、直率、敏感、幻想、好奇、专注等等方面,他们和童稚的确是"心有灵犀一点通"了。

这样说,自然不是鼓励人去学习儿童。儿童的天真,常常是和幼稚无知混和在一起的,优秀艺术家们的纯真直率,却不是这么一回事。但是,像透过三棱镜去分析日光的颜色似的,从许多卓越的艺术家常常给人以"像个孩子"的印象,正好说明了:真挚热烈、倾诉胸臆、流露性情、独特感受这些东西,在思想先进和生活内容饱满的前提下,对于文学创作具有多么重要的意义。

象和蚁的童话

多年以前读到一篇童话,那意味深长的情节使我一直保留着牢固的印象。

这童话的情节是:有一头大象和一只蚂蚁比赛气力,请仙人当裁判。大象挥动长鼻拔起了一株大树,卷着来回走了一程,显得十分自豪。蚂蚁呢,它不慌不忙咬断一根小草,吃力地把它拖着走了一段路。仙人看了,出乎一切动物意料地评判道:"我认为蚂蚁的气力比象的大。因为象拖动的大树,还没有它的身躯那么重。而蚂蚁呢,它衔着的小草却已经等于它的体重的二十五倍。单就大树和小草的重量来说,大树自然要比小草重得多。但是按照一只动物的大小和它能够拖走多重的东西比较一下来说,蚁的力气却要比象大好几十倍了。"

这个童话是发人深思的,老实说,它揭示了相当精确的真理。中国古代格言中的"驼负千斤,蚁驮一粒","尺有所短,寸有所长",也表达了和这差不多的真理。

最近在《世界文学》上读到契诃夫讲的几句话,又使我把那个保存在记忆中的童话重温一番。契诃夫是这样说的:"自从莫泊桑以自己的才能给创作定下了那么高的要求之后,写作就不容易了。不过还是应该写,特别是我们俄罗斯人;而且在写作中还应该大胆。有大狗,也有小狗;可是小狗不应该因为有大狗的存在而慌乱不安。所有的狗都应该叫,——就按上帝给它的嗓子叫好了。"

如果我们对这些譬喻不作吹毛求疵的了解,不在象、蚂蚁、大狗、小狗那些概念上面兜圈子,那么,应该承认它们是表达了很好的意思的:每个人应该尽其在我地贡献力量,不必因为力量微小而羞惭。那个童话在这番道理的基础上又作了进一步的发挥:力量小而拚全力工作的人在某一点上甚至比力量大而并没有发挥尽致的人还要伟大。

在艺术实践中,宣传这个道理尤其重要。我们处于文学艺术从少数人专利的东西变成群众的革命事业的伟大时代,扫除那种以为艺术只是少数"天才"才能从事的行当的陈腐错误的观念,是十分必需的。

其实,天才在某种程度上是汗水的结晶物。如果把天才和汗水隔开,许多人不把汗水灌溉到文学艺术的园地上面来,这片园地也就不能出现更多美丽的花朵了。

在艺术实践中所以特别需要阐扬这个道理,因为在这一领域中,竞赛经常是很激烈的。人们总是喜欢在这当中找些"顶儿尖儿"的东西来看。"拔尖"的艺术品比较"一般"的东西也的确有较大的距离。一些谈艺术理论的著作为了要"阐幽抉微",也往往容易把艺术的道理谈得很深奥。凡这一切,都很可能使某一部分有条件从事这种工作的人望而却步:"反正和那个最高水平比较起来相差太远,我不写了。""与其搞出一些平凡的东西,不如不搞了。"如果有许多人采取这种态度,这就不利于文学艺术的繁荣。

量和质总是辩证地统一的。中国历史上的唐诗、宋词、元曲、明小说,它们都曾极一时之盛,但如果没有众多的"一般之作",也就没有那么多"顶儿尖儿"的珍品了。

伟大的艺术家不但接受历代的优良传统的教养,实际上也还受着同时代广大群众的培育。试问有哪一个伟大的艺术家是可以不生活在群众中,不广泛阅读同时代人们的作品和倾听各方面的声音的?

而且,大树都是由一株株幼苗长成的,雄狮都有它的柔弱如猫的幼稚时代,出类拔萃的东西原也是在平凡的基础上成长起来的。

请看,自以为不及莫泊桑的契诃夫,后人的评价却是较之莫泊桑有过之而无不及。这使我们不禁想起了中国文学史上许许多多类似的故事。

"所有的狗都应该叫,——就按上帝给它的嗓子叫好了。"扬弃它的谐谑的、可能使人曲解的部分,应该承认:这话,表达了严肃的真理。

奇特的文学梦境

苏东坡除了写一般的诗、词、文章外,还写了许多数十字、百把字一则的短小杂记。从这些杂记中,可以看到一桩很有趣的事情:原来他时常在梦中作诗,不但当朝皇帝找他去作诗,连前于他几百年的唐玄宗也找他去宫里作诗。而且,在梦境中,杜甫还和他谈过关于杜诗应该怎样解释的问题。

这些杂记中有一则题为《记子美八阵图诗》,内容是这样的:

> 仆曾梦见一人,云是杜子美,谓仆:世多误会予诗《八阵图》云:"江流石不转,遗恨失吞吴。"世人皆以谓先主武侯欲与关羽复仇,故恨不能灭吴。非也,我意本谓吴、蜀唇齿之国,不当相图,晋之所以能取蜀者,以蜀有吞吴之意,此为恨耳。此理甚近,然子美死近四百年,犹不忘诗,区区自明其意者,此真书生习气也。

这一则杂记,看了很令人会心微笑。具有"书生习气"的并不是杜甫,而是苏东坡自己。由于当时很多人对杜甫的这首《八阵图》诗作了错误的解释,苏东坡不以为然,再三思索,终于得了这么一个奇异的梦,梦见杜甫亲自来给他解释自己的诗句了。其实作这种解释的,正是苏东坡自己。

我们知道,这不过是日想夜梦而已。做梦者的意念通过梦中的一些复杂事象,体现出来了。我知道有一个在生物发生原因的观点上受过人们严格批判的医生,竟总是一本正经地告诉他的朋友说:"我常常梦见达尔文,他告诉我:'你是对的!'"这样的梦境,和苏东坡的梦境,是存在着同样的科学原理的。

人在梦中有时会解决在清醒时没有充分解决的问题;会作诗,而且还会作格外好的诗。这事情在《红楼梦》四十八回中,关于香菱写诗的那一段情节里面,也有过很精彩的描述。香菱为了要写诗,"或坐在山石上出神,或蹲在地下抠地"。夜里嘟嘟哝哝,一早就起了身。"挖心搜胆,耳不旁听,目不别视"。可是一连写了两首都不好,最后,终于在梦境中写了一首新巧而有意趣的好诗,受到黛玉等人的赞赏。

对这类古怪的事情,只要我们理解大脑活动的一般规律,是不难索解的。由于精神专注了,睡眠的时候,大脑的其他部分都处于抑制状态,但是某一部分却仍处于兴奋状态,继续工作着,有时还工作得很有效率。有些母亲入睡的时候,任何响声都不能吵醒她,但是婴儿的微小的啼声,却能够使她立刻惊觉。有些人在夜里沿着大路行走的时候,因为极端疲乏,眼睛完全闭起来,已经大致进入睡眠状态,双脚却仍然能够机械地移动。这类情形,都说明大脑一部分处于兴奋状态,"专司某事"的时候,看起来大致已经睡眠了的人却仍然具有某种工作能力。

提这些事情,不是"聊资谈助",而是从这种大脑活动的原理中我们可以领会到一种工作方法,在进行细致的艺术劳动的时候,这种工作方法有时很用得上。自然,我们决不是去提倡"梦中作诗",去追求日想夜梦。相反的,我们希望睡时能够真正恬然入睡,醒时能够真正清清醒醒,不要像某些医生所讽刺的,做一个从来没有真正睡过、也没有真正醒过、朦朦胧胧的人。但是,我们既然知道，人有许多潜在的能力，当全神贯注、持之以恒的时候，就可以把它发挥尽致，使自己获得最大的工作效率，像苏东坡那样，像香菱那样，居然梦中也能解决问题和作出好诗。运用这种原理，碰到复杂问题的时候，就得全神贯注、持之以恒地加以解决。在艺术实践上，就是重视积累，重视酝酿，较持久地集中精力来工作，这样，有规律的劳动就可以获得最大的功效，甚至不一定求之于"三更灯火五更鸡"了。

　　大脑的活动是异常复杂的，艺术劳动又经常是一种剧烈的脑力劳动。掌握大脑活动的科学规律，有意识地加以运用，对于我们的艺术实践是有帮助的。

知识之网

契诃夫的短篇小说《打赌》,讲了这么一个故事:

一个银行老板和一个有些文化的人打赌,要是那人能够住在一间房子里,老是看书,不出门,不和人来往,这样一直住满十五年,他就愿意输给他两百万卢布。那人答应了。于是一场为期十五年的赌赛就进行了。他们立了合约,由银行老板在后花园搭起一间房子,房子门户封闭,只开了一个窗,饮食用品都从这个窗口送进去。那人需要什么东西,只要写张字条放在窗口,银行老板就会派人给他料理。那人就这样在屋子里静静读书,从窗口递着条子要各种书看。起初,他要的都是娱乐性很强的书籍;接着,他阅读古今文学作品;往后,他读历史、传记、自然科学,读逻辑,读哲学,而经过相当长时间以后,他需要的书的范围变成很不固定,有时上午要一本文学,下午要一本自然科学,各种内容的书籍阅读常常交叉进行。

这个故事的结尾,是临近十五年限期届满的时候,银行老板破产了。他深夜里摸进后花园的小屋,准备杀掉那个自动接受关闭了十多年的合约的朋友,希望不必为赔偿那笔巨款而打官司。但是,却发现那人在期限马上就要届满的时候留下了字条,说他经过十五年的苦读深思,悟破了人生的道理,已经不愿领取巨款,因此决定一走了之,以毁弃那个协定。这使那位银行老板大感愧怍。

　　契诃夫这篇小说给我的印象很深,里面所表现的思想是相当复杂的:既嘲笑了所谓"上流社会",也寄寓了一些虚无思想。但是,这儿我不想来谈这篇小说的主题。我想着重谈的一点是:在《打赌》中,那个主人公读书内容的变化,以及他到后来把各种书籍交叉阅读的那种描写,是很有趣的。契诃夫在这儿倒着实说明了一个道理:各种学问彼此的关联十分密切,人们只是为了研究的方便,才把它们分门别类罢了。而事实上,各种知识像一个网似的,网孔与网孔之间互相关联。越向知识的领域走前一步,就越体会到各部门知识之间的血缘。

　　也许正是由于这样的缘故吧,马克思说过他最喜爱的一句格言,就是"世界的一切在我都不生疏";而十六世纪英国的哲学家培根的一句话"知识就是力量",居然在数百年间传遍了全世界。这句话在它出现的时候,是有它的进步的历史意义的。正确的知识,的确能够增加掌握它的人驾驭事物的本领。人的行为越是符合于客观规律,正确的知识越丰富,也就自然比较他自己在没有这些知识时有力量。

　　各种知识的互相作用,情形真是何等微妙呵!唐代的书法家张旭,看到公孙大娘舞剑器,就提高了他的草书艺术;我们当代的许多戏剧艺术家,都擅长国画。在这儿,书法和剑艺,戏剧和绘画,竟都发生了关系。其他各部门的事情也无不如此,它们间互通的血管真是错综复杂!金字塔没有一个塔基,那个尖顶是放不上去的。

　　正是由于这个缘故,基础的学问,广泛的常识对于我们大有价值。不久以前我国不少报纸增办了知识专栏,正是要尽量使更多的人都有丰富的常识。如果说,各部门的工作者尚且需要广泛的知识,那么,艺术领域中的文学工作者,所需要的知识就应该更加丰富了。"博学切问,所以广知。"鲁迅就是我们的极其卓越的典范。写《毁灭》的法捷耶夫叙述他的文学经验,这样写道:"要从庞杂的现实材料中选取一切最主要的东西来帮助我传达出基本的主题,就要非常熟悉生活和了解生活,就要成为有高度修养和丰富知识的人。高尔基就是这样的一个范例。高尔基常说,艺术家所知道的应当比其他职业和技能的许多人按其工作性质所需要知道的多得多……知识要尽可能渊博,每一个工作人员都应当争取做到这一点;知识对任何工作都有帮助,但是对艺术家说来,全面的教育和渊博的知识更是必需,如果他要想成为一个生活的真正表达者的话。"这话说得很对。大艺术家往往就是大学问家。意大利的达·芬奇,不但是画家,同时也是自然科学家;德国的歌德,不但是大诗人,同时也是植物学家。在我国,这样的例子同样是很多的。鲁迅、郭沫若就是作家同时是大学问家的代表人物。

一部伟大的文学作品,常常不止包含崇高的思想,概括了辽阔的生活图景,运用了丰富、精彩的文学语言,同时,也有丰富的各种各样的知识在闪光。《红楼梦》这样的巨著,里面所蕴藏的这一类东西该有多少呵。唯其这样,《红楼梦》才成其为封建社会"生活的百科全书"。如果作家缺乏很广泛的知识,在再现生活上就要大为逊色了。细节、形象的描写,历历如绘、栩栩传神的描写,不仅依靠对人物的了解,对情节的掌握,也依靠丰富的各种各样的知识。缺乏这些,描写就往往失去了光彩,就不能使人那样着迷地走进艺术境界了。试想《红楼梦》中,如果那些房屋、衣饰、食物、花卉之类不是描述得那么维妙维肖的话,人物的活动不是也要大为减色吗?一盆牡丹,有绿叶存在枝上的时候,并不特别觉得绿叶的可贵,但是一旦没有了这些东西,光秃秃的只存下一个个硕大的花朵,却会使人突然感到大煞风景了。

何况,在文学作品的功能中,除了政治思想教育、塑造形象、概括表现生活,陶冶性情,给人以美的享受等等之外,还有一项,是满足读者的知识要求呢!并不仅仅是知识小品、科学文艺一类的东西才必须注意到这一点,任何较有份量的好作品,也往往(虽然不是绝对)同时兼具着这样的功能。对于文学的功能,理解得越全面,就会从更多方面去掌握各种和它相适应的手段。而当这种理解不够全面的时候,就往往会放松掌握某一方面手段的努力了。

掌握丰富的知识,在努力学习马克思主义的前提下,又有助于我们的辩证唯物主义世界观的形成和巩固。而掌握辩证唯物主义,就会使我们获得古典作家们总是欠缺的、一双观察和分析事物本质的慧眼,具有一种锐利的科学精神。辩证唯物主义是在自然科学和社会科学都发展到相当高的水平,即十九世纪的中叶才形成的。在这以前,当力学一类的科学部门虽然已经相当发达了,但是生物学、化学、物理、气象等科学还是比较幼稚的时候,就只能够产生机械唯物论。在大量丰富正确的知识的基础上,革命和智慧的巨人认识了客观法则,才产生了科学的哲学。那么,同样的道理,今天,要是我们具有一定的生活经验,学习了辩证唯物主义,能够站稳无产阶级立场,丰富的正确的知识有助于我们确立辩证唯物主义的世界观,有助于我们运用它来观察事物、深入生活和进行艺术创造,道理不是十分明显的吗!

丰富的知识,又能够提高艺术敏感。生活是创作的源泉。知识其实正是历代人们生活经验的结晶,这里面,对各人来说,也包含着自己的一点儿直接经验在内。像一个蓄水深厚的池塘,石块投下去可以激溅起较高的浪花似的,像微细血管密布的手指头,比较人体的其他好些部位,有较大的敏感能力似的,较丰富的知识,就使思想获得较多的"联想的材料",因而也就有助于艺术敏感。植根于现实生活体验的想象能力,对于文艺工作者的重要性自然是不待多说的了。生活经验不足,知识积累不深厚,想象能力也自然不容易发展了。梦境,可以说是海阔天空、无拘无束,"想象之鸟"翱翔得最为自由的地方了,然而没有某种经验,就决不会有某种梦境。苏东坡在梦中写了好些诗;高尔基梦见在荒原上有两只没有人穿的靴子自己在走路……这些都是记载中一些著名的怪梦。然而,如果苏东坡原本不是卓越的诗人,高尔基没有经历过流浪的生活,或者没有认识正在亲手做靴子的托尔斯泰,甚至如果他们那个时代根本没有律诗绝诗,根本没有靴子,即使做梦的人有怎样敏锐的神经与大脑细胞,这些怪梦又从何产生呢?可见,经验与知识,对于艺术敏感和想象能力,关系是何等密切了。

时代特别向我们的文艺家提出了成为博识者的要求!在我们周围,许多崭新的事物正在出现,要描述这些事物,写得平易而又动人,除了其他的因素外,也有赖于丰富的知识。譬喻、形容、解释、刻划……这都时常需要我们动用自己原有的知识的库藏。

掌握丰富的知识自然不是一件容易的事。但是"天道酬勤",深入生活,博学切问,并用一根强有力的思想的线索,也就是马克思主义思想的线索去贯串起那一切,将逐渐使我们成为知识丰富的人,许多老前辈早就给我们作出光辉的榜样了。

直接经验和间接经验都是重要的。没有直接生活体验,光靠书本,只能使人成为书痴;然而不博览泛读,不接受历史上无数的人的生活经验的结晶,知识无论如何也是不会丰富的。从正确的知识的总体来说,它们都来自历代人类的实践。从个人的知识来说,自己的直接经验之外,还必须加上别人的间接经验。"读万卷书,行万里路。"这些话,就很好地说明了它们之间辩证的关系。

让我们像蜘蛛善于摄取养料织网似的,来织一张知识之网吧!或者说像蜜蜂酿蜜那样也可以。时代要求我们艺术工作者——特别是作家,比较其他行业的人们来,除了其他条件外,还得更快地成为知识丰富的人。

两 代 人

有一次,好几个人聚在一起闲谈,话题不觉集中到作家子女的工作志趣这么一个问题上去。大伙一个一个地"点卯",把"五四"以来所有著名老作家的子女(这一辈人,年纪较大的,在六十年代也大抵有三四十岁了)现在的状况都谈了一下,结果大家惊异地发现:新的一辈继他们的父亲或者母亲之后成为作家的,可以说绝无仅有,"集中群众智慧",点了好一阵子,在全国中也只找出了几个。

这决不是一件偶然的事。把视野更扩大一些,看看中外文学史,两代人相继成为卓越文学家而为大家所熟知的一样为数颇少(如果我们不把写几篇诗文就当做文学家的话)。大概,在中国,三曹(曹操父子)、三苏(苏洵父子)就是最闻名的了。在西洋,法国的大仲马、小仲马,该是最闻名的了。要多点一些杰出的,就颇感吃力。

杜甫、李白的儿女都不是诗人,关汉卿、王实甫的儿女都不写戏剧,施耐庵、曹雪芹的儿女都不是小说家……我们是不是可以从这些事情中,领会出什么道理来呢?

你要是说:那个做父亲的在这一方面的成就比较大,做儿子的难以为继,他们的成绩完全被父亲的名字所掩盖了,那也未必正确。古代作家子女的事迹我们还可能比较难以查考，但是在当代，我们并不是去找寻在文学成就上超过父亲的儿子，仅仅是去找寻继续从事文学工作的儿子，也已经找不出几个来了。

这种情形，和戏剧、工艺方面的状况形成强烈的对比。戏剧家庭、巧匠家庭，是很多的，他们大多世代相承，大体上，一代代都能保持相当的水平。梅兰芳祖孙数代的情形就是"戏剧家庭"的例子，天津的"泥人张"数代的情形就是"巧匠家庭"的例子。这些世代相传的巧匠，在中国更是多到不可胜数。

大概技术性比较强的事情，世代承袭是比较容易的。而文学工作，决不能把它当做一种"技术"。它需要各种要素互相配合，比较起戏剧、杂技、工艺等等来，在条件要求上复杂和特殊一些。

这样说，自然并不是说文学工作特别难能可贵，任何有益于人民的劳动都是可贵的。优秀的工匠，卓越的庄稼汉，干练的理发师，枪法如神的猎手，妙手回春的医生，杰出的艺术家，……哪一样出色的劳动不是难能可贵的？在劳动神圣的意义上，他们的劳动都具有崇高的价值。从整体的意义来说，生产物质财富的劳动还提供了精神劳动赖以进行的基础。而在劳动分工的意义上，他们又都各有本领，谁也包办不了其他人的行业。

这样说，自然也不是说新一代不如老一代，从人民的整体来说，新一代通常总是胜过老一代的，在新社会里尤其是这样。因此，文化才谈得上进步。

这样说，自然也不是说作家的产生特别困难，没有什么规律。不，什么样的社会文化积累，什么样的历史条件，什么样的客观需要，就可以大体上催生出某一数量的作家来和社会的要求相适应。这只要看一看我国作协会员迅速发展、工农作家纷纷涌现的情形就可以理解了。当然，某种文学形式的作品比较缺乏，各个领域力量发展不大平衡这些事情是会有的。但是整个来说，作家的大体数量和医生、工程师等人差不多,是受历史、社会因素决定的。

那么,谈论子继父业的"文学家庭"很少这样一类事情,有什么意义呢?

我想我们从中可以体会文学工作的一般性和特殊性。

如果我们不去找寻"父子作家",而去找寻"兄弟姊妹作家",那就容易得多了。中国、外国都有不少这样的家庭。"兄弟作家"要比"父子作家"容易找,这是由于:两代人的生活经历,距离是比较远的,而兄弟姊妹所经历的道路或所接受的教养,则是可能比较近似的。

如果我们从各种工作领域去找寻涌现作家的温床,就可以发现:医生、码头工人、水手、战士、记者……这一类人物成为作家的可就很多很多。单说从医生出身的作家吧,从世界文学史中可以开列一张十分可观的名单,而且,中国有好些代表性作家,都可以在这张名单上出现。附带提一件有趣的事:连民国初年的《清史演义》都是一位医生写的。

多接触人、多阅历,是能够培养文学才能的。生活,生活,生活!丰富的生活经验所形成的大量素材,对于一个创作者是何等重要呵!

自然,单单有生活经验,还是不够的。是否勤奋学习,积累大量文化知识?是否具有艺术敏感,比较喜欢观察和思索?是否掌握大量词汇,具有表达思想感情的娴熟技巧?是否站在一定的政治思想高度,能用一根思想的线索去串起生活的珍珠?是否具有强烈的创作欲,在进行这项工作时不害怕一切的艰苦和寂寞?这一切,互相配合,互相作用着,它们都起着重要作用,抽去其中任何一项,都会发生不良后果。这情形使人想起化学现象,几种元素以一定的份量聚在一起,它们就发生作用,产生一种化合物;抽掉其中一种元素,或者某种元素份量不足,那么它们就化合不成或者变成另一种化合物了。

  这也许正是作家这么一种精神劳动者,不易世世代代从一个家庭里诞生、很少父业子继的原因了。这也许正是没有哪一个作家会执拗地要儿女干自己那一行的原因了。

  想一想这些道理,我想是有好处的。它说明:越全面地掌握创作条件,就会越好。某些条件缺乏或者遭到削弱,就会"事与愿违"。"名师"并不一定能够担保使一个受业者成为作家,对于历史上所有一切优秀作家的儿女们来说,他们的父母亲,难道不正是时时刻刻在他们身旁的名师吗?并且这样的名师,对于他们的子女,在传授经验上,还有什么保留呢?倒不如说,要是可能,他们巴不得在逝世之前,把整个大脑都移植到他们心爱儿女的脑壳里去吧!

蜜蜂的赞美

全世界的小虫儿,给人类赞美得最多的,大概要推蚂蚁、蝴蝶、蜘蛛、蚕、蜜蜂这几样东西了。

人们对于蜜蜂的赞美,尤其充满哲理的情趣。在思想史上、艺术史上,许许多多人都歌颂过蜜蜂。这不仅仅因为蜜蜂能够酿蜜,而且也由于:蜜蜂酿蜜的方法,给人以重要的启示。它能够博采,又能够提炼,终于,黄澄澄、香喷喷的蜜糖给酿造出来了。它的酿蜜可以说是一种卓越的创造。

蜜蜂采蜜时的辛勤,可以从这么一个有趣的统计里面看出来:一只蜜蜂要酿造一公斤蜂蜜,必须在一百万朵花上采集原料。假如蜜蜂采蜜的花丛同蜂房的距离平均是一公里半,那么,蜜蜂采一公斤蜜,就得飞上四十五万公里,差不多等于绕地球赤道飞行十一圈。

看了这样的材料,尝过那味道浓郁的甜蜜,你怎能不对世界上这种神奇的小昆虫,感到由衷的赞美呢!

十六世纪英国著名的哲学家培根,讲了一个譬喻赞美过蜜蜂。他把盲目地堆集材料的求知识方式称做蚂蚁的方式;把主观地随意创造体系的方式叫做蜘蛛的方式,而"真正的哲学家,则是像蜜蜂一样。它们从花园和田野里面的花朵采集材料,但是用它自己的一种力量来改变和消化这种材料"。几百年的时间像流水一样过去了,培根许许多多的话已经为人们所遗忘,但是他那句"知识就是力量"的警语,和这个有趣的譬喻却一直在各地广泛流传。

鲁迅先生在他的书简里面,也曾经告诉一个青年人说:"必须如蜜蜂一样,采过许多花,这才能酿出蜜来,倘若叮在一处,所得就非常有限……。"郭沫若同志也曾经以蜜蜂采花作为譬喻,来说明艺术真实和生活真实的关系,以及它们之间的异同。

蜜蜂,这小小的昆虫,人们献给它多少赞美之词!它那种酿蜜方式,使人想起了一切成功的学习、工作和经验。

由于广泛地吸收,来源就丰富了。

由于接受每一朵花中最甜美的东西,而不是杂乱地搬取,材料就比较上乘了。

由于搜集来的东西是经过自己的重新酿造,蜂蜜就比一般鲜花的甜汁要甜美和精粹得多。虽然人们还可以从蜜糖的色泽和味道上分辨它们究竟是橙花蜜、荔枝蜜、枣子蜜或者苜蓿蜜,但是在蜜糖中已经再也看不到橙花、荔枝花、枣子花、苜蓿花的影子了。甚至作为花的甜液的那种状态也已经不见了。"蜜成花不见",它是经过蜜蜂的一番重新创造的。

多么令人称道的酿蜜方式,多么令人赞美的辛勤!

我们阅读许许多多艺术家的传记,在某些地方,可以发现他们是有共同之处的。他们都有较崇高的思想,在学习、工作上,他们都注意广泛求师,在博采诸家技艺之长以后,又别出心裁地发扬自己的独创性,并且锲而不舍地辛勤从事,在崇高思想的指引下,一步步创造出成绩来。就因为这种方式使人想起蜜蜂,那金黄色的奇妙的小昆虫才获得人们那样多的赞美。

不广泛地吸收,是谈不到博大精深的。一条大河总得容纳无数的小溪、小涧的流水,一座几千米的高山总得以一个高原作为它的基座。小小的水源，最多只能形成一个湖沼；荡荡平川，也不会有什么戴着冰雪帽子的高峰。

想着这些道理，蜜蜂的启示，不但对于前代的人们，不但对于学术工作，而且对于今后的人们，对于文艺工作和一切其他工作，恐怕也是永远有用的吧。因此，我们尽可把蜜蜂人格化，为它献上一顶桂冠。

鲁班的妙手

中国各地关于鲁班的传说多得很。春秋时代鲁国一个巧匠，经过两千多年来人们的想象补充，居然变成了木匠们共同尊奉的神通广大的"鲁班先师"。在广东，从前好些地方还有人立着"工部尚书鲁班先师神位"，此公竟当上了部长啦。关于鲁班的传说，是全国群众在长期间共同创造的，因此各地有各地的说法，真是洋洋洒洒，蔚成大观。人们把对于历代巧匠的崇敬、赞美的心情都倾注到这个人物身上，因此，鲁班也就变成了神。一个人既然到了被神化的程度，当然也就无所不能了。传说中的鲁班，本领高强无比，不但发明了锯子、墨斗、门斗子等物，能够造船、造车、造宫殿、造桥……河北的赵州桥、北京紫禁城的四个角楼，都是他造的，北京的白塔，破裂了也只有他下凡了才能修补……。这些故事自然都是穿凿附会的，但一个人给神化到这个地步，也可以想见群众对于历代的能工巧匠赞美的热忱了。

在所有各地的鲁班故事中，都是说鲁班如何技参造化、巧夺天工，无论怎样困难的事情一到他的手里都变得稀松平常，容易得很。他所到之处，总是给人指点迷津，遇山开路，逢水架桥。但是，在林林总总的这类故事中，也有一个是说鲁班学习海龙王宫殿的建筑艺术，学得异常吃力，后来，由于受到周围事物的启发，"妙手偶得",才建造出风格崭新,神气活现的宫殿来的。

这个故事大意是:鲁班为了要建造一座顶漂亮的房子,听从了弟子的劝告,去向东海龙王借一座王宫来做样。龙王也赞赏鲁班的好手艺,答应把龙宫借给他三天;但是,限定期到就得归还,一个时辰也不得拖延。

这座海龙王的宫殿庄严富丽、气象万千,自不待说了。它的画栋雕梁、飞檐斗拱,窗棂上的细花、屋椽上的纹饰,都是异常巧妙,令人目不暇接的。鲁班领着弟子紧张地照样造屋,三天之间,只完成了个骨干,细部还来不及装饰。但是期限已经满了,晚上龙王一定要派虾兵蟹将来取龙宫,怎么办呢?最后,鲁班出了个主意,盼咐弟子们每人拿了几根木桩在龙宫周围钉了下去,鲁班还亲自在宫殿四角挂上了一串铜铃。

那夜,东海龙王派出了小龙将军、鲤鱼先锋、虾兵、蟹将,在风雨交加中来搬取龙宫,但是龙宫已经被钉上了桩,无论怎样搬也搬不动,只听见阵阵铃声。临近天亮的时候,水族们都着慌了,绕着房子团团转,小龙急得爬上了屋顶,鲤鱼气得翘起尾巴来打门。等到太阳上升,小龙给晒死了,龙头伸在殿顶的一角,龙身蜿蜒在屋脊上;鲤鱼也粘死在大门上再不能动弹。鲁班和弟子们看了,觉得依照这个方式建造宫殿,更加壮观。就用泥塑成龙头龙尾装饰屋顶,用铜照鲤鱼的样子打成门环……。以后,宫殿、第宅,那些特别讲究的都依照这个式样来建造了。

这着实是鲁班故事中别开生面的一个!如果鲁班不是在生活实践中获得灵感,他就不可能有这样的创造了。

这个故事不但赞美了鲁班,也还在若干程度上描述了艺术创造的艰辛。

而且,这里面也还体现了一点群众的美学观。对于宫殿屋顶上的龙头装饰,对于打成鲤鱼形状的黄铜门环,人们认为着实美丽别致,认为即使是鲁班先师,也不是一下子就能够创造出这种建筑花样的,它是在惨淡经营中受到某种启发才产生的艺术。这个传说赞美了建筑中的浪漫主义装饰,实际上也就是赞美了和生活密切结合的那种艺术上的浪漫主义。

从这里,我们可以多少领略到群众的审美观念。那些和广大群众关系密切的年画、剪纸、窗花、泥玩具一类的东西,很少是按照生活中的事物一模一样,自然主义地加以复制的,骑着大鱼的胖娃娃、被双凤簇拥着的牡丹一类的东西,人们对它们常常怀着特殊的喜爱。这些东西都不是自然主义的产物。

从某些美术品的传播中,我们也可以领略到这道理。自从甘肃敦煌的艺术宝藏在风沙封闭中被人发现之后,六十多年来,哪一幅画是流传最广,被人到处复印,到处张挂,甚至当做广告画,当做装饰品的呢?这不是别的,在我看来,正是那揉合了人间美女和想象仙子的美丽的唐代绘画《飞天》。人们对《飞天》的喜爱和上面提到的那个鲁班故事所包含的美学思想,实际上有其一脉相通之处。

在现实主义基础上的浪漫主义手法,从生活中来而又经过概括、提炼的艺术,总是特别有魅力的。古代西方的人们曾经以飞腾的马、灵活的蛇作为艺术、智慧之类的象征,实际上可能也错综地体现了这种美学思想,不过它们是表现得比较曲折、比较隐晦罢了。

从那个别饶风趣的传说中,让我们像通过三棱镜分析出阳光颜色似的,听一听古代无名的群众批评家发出的关于美学理论的声音吧!在当前,我们就是要努力去学习掌握革命现实主义和革命浪漫主义相结合的创作方法。

南国盆景

艺术领域各个部门,好些道理都是相通的。有时,一个人去看杂技表演,看摄影展览,逛园林,赏盆景,也常常可以从中领会到一些艺术的道理,大有益于我们某一专业的文艺活动。

前些时,在《人民日报》上读到一些关于中国园林的建造艺术的文章,我自己就感到获益不浅。那些讲究借用远山远水陪衬,使园林境界辽阔起来,以及园中有园,湖里有湖的精巧布置,可不就是体现了粗犷和细腻结合这么一种美学思想么!

近来,陆陆续续看了一些广州盆景,觉得此中巧妙,也和园林艺术一脉相通。不过一种是在千数百亩的广阔土地上经营擘划,一种是在一平方尺不到的盆子里,匠心独运罢了。后者麻雀虽小,也着实五脏俱全。把谈园林艺术的那些文章所讲的道理,来印证一座座小小的盆景,也常常是十分吻合的。

旧时代,我对于这种传说在唐代就开始出现的古老的盆景艺术很少注意,总觉得这是某些留长指甲的有闲者的花样。近年来,因为公园里几乎年年都有盆景展览会,展览品每次都有好几百盆,而且,花样翻新,越来越巧,这才逐渐被激发起欣赏的兴趣。兴趣一来,便免不了问长问短。原来,广州还有一个"盆景艺术研究会",会员是些教师、医生、花匠、摄影师……一类的人物。这种玩意,现在已经成为一些人寄托工余情趣体现另一种艺术创造的东西了。自然,这只是类似山水画一类的艺术活动,不过搞出来的东西却是"立体的画","有生命的画"了。说来也颇有趣,这些盆景,还表现了作者们的个性和独特的艺术风格,因为同一素材,经过不同作者的处理,就会各异其趣。有一些"老行尊"们还说:搞这一行的人,一生中搞出真正精彩的盆景,也不过几盆而已。看来,艺术领域的每一个门道,都像无底洞那样的深邃。

在国际上,另一个盆景艺术比较发达的国家是日本。"盆栽"这个词儿,听说就是日本人所喜用的。在中国,虽然各地都有培养盆景的人,但是据说也形成了几个中心。广州,成都,苏州,就是几个著名的中心。这几个地方,园艺一向都相当发达,而且又都各各邻近一些出产著名陶器的地区,大概这就是关键所在了。南方草木繁茂,有好些嘉树生命力异常旺盛,姿态十分优美,这都是适宜于搞盆景的。树木不同,也是各地盆景风格不同的因素之一。在南方常见到用来培育盆景的树木有:相思、九里香、雀梅、福建茶、水松、水横枝等等。

对着一盆精彩的盆景,有时的确颇能发人遐思。在那小小的长方形的陶盆里面,盈尺之地,有时出现了一株盘根错节的老树,仿佛历尽风霜;有时又出现了两三株临风玉立、枝叶扶疏的乔木,仿佛秋风萧瑟,群鸦就要飞临栖宿。这些玩意使你想起在什么名山胜地曾经看过的什么美景。不错,那些作者们把他生平看到的,认为美的景象,精粹地重现在这一个盆子里了。不是"胸中大有丘壑",是创造不出精彩的盆景来的。

最近,广州的盆景艺术研究会把大家公认为最出色的一些盆景的摄影编成了一本精美的画册,翻看着那些被认为"精品"的盆景照片,我不禁重温了这么一些艺术上的道理:

"因材处理",是多么的重要呵!玉工根据一块块璞玉颜色纹理的不同,决定把它们一一雕琢成各种形象。盆景艺术家们也是这样,他们善于掌握各种各样树木的特点,以表现出各种形态的美。例如水松和竹,就表现它的萧疏;九里香和福建茶,就表现它的苍劲;龙柏的茂密,水横枝的屈斜……他们都针对着这些特点来加以发扬了。

每一株使人赞赏的盆景中的树木,大抵是既有天然的野趣,又不乏适当的人工修饰。因为如果完全任其自然,就无所谓盆景艺术了;如果人工斧凿的痕迹过甚,像把一株树东弯西曲,变成一条古怪的蛇似的(旧时代江南有一些花匠把树干弯成六曲,称为"六台",南方也有类似的状况),这就太像龚定盦在《病梅馆记》中所慨叹的病梅了。既不是完全放任自然,人工的修饰又有适当的控制,这种道理恐怕是适用于多方面的艺术工作的。

盆景又很讲究空间上有回旋的余地。不论是什么直干式,悬崖式,枝垂式,卧干式……都很注意腾出一定的空间,使人对于这幅"活的画",有辽阔深远的感觉。这种避免过分繁缛,注意一定的简洁明快的手法,也很值得玩味。

盆景"缩龙成寸",小小一株树就给人以苍劲挺拔,老干虬枝的印象,这在很大程度上是由于作者们采用了拔萃、凝炼的手法。不少盆景又都讲究一定程度的"奇",这种奇,又总是合情合理,有一定的事实根据的。例如有位作者培植了一株枝桠繁密的雀梅,把仅有的零星叶片都剪去,光让人们观赏它的苍劲的枝桠。那景象,使我们不禁想起冬天在郊野看到的某些老树,有一种北风如吼、一柯挺立的奇特感受。讲究"奇"而又不离开"实",是许多卓越的盆景作者的美学思想。

因此我想,艺术各部门总是可以互相借镜的,从这些创造"立体的画"的人们的辛勤劳动中,我们也很可以吸取一点营养。

巨　日

　　北京雄伟华丽、庄严典雅的人民大会堂里面,陈列着许许多多精美的艺术品。楼梯转角处,正面墙壁,有一幅表现祖国河山壮美的巨大国画:《江山如此多娇》,吸引了无数进入人民大会堂的群众。许多人在墙壁底下的大地毡上伫立,欣赏那山河蜿蜒,气象雄浑的美景,东面一轮红日,光辉灿烂,正照耀着莽莽苍苍的大地。每个人不观赏这幅画则已,一观赏,立刻就会注视到那个红太阳。

　　创作这幅国画的画家中的一位告诉我:当初绘画的时候,这太阳应该画多大,是费过一番心思来斟酌的。他们一共试画了四个样;这个放上去,觉得小了,把第二个放上去,又觉得小了,定稿采用的那一个,是最大的一个。但是即使如此,现在还有好些人向他们提意见,认为这个太阳仍可以画得更大一些。

　　这番话使我想起了许多事情。用我们的肉眼看太阳的时候,由于它在天空中位置的不同,我们有时感到它比较大,有时又感到它比较小。例如当太阳在地平线上的时候,由于有其他的景物作比较,我们就感到太阳大了一些。《江山如此多娇》那幅画,画的是太阳照耀着壮丽的万里山河,它和景物起了对照的作用。这个太阳需要表现得大些,是自然不过的。但是问题仍不仅如此。由于在那幅巨画当中,太阳是唯一以大量红艳艳的颜色来描绘的东西,它照临万物,异常突出;谁只要瞧一瞧那幅画,眼光立刻就会为太阳所吸引。它是画里面的一个重心,重心所在,自然非得较有份量地来表现它不可了。

我不知道这样解释对不对。但是,从《江山如此多娇》的这么一个创作故事,我想,着实很可以给我们这些搞文学的人某点启示:重心所在的地方,应该着力描绘。这不仅是说,这种描绘应该警辟,而且也是说,还应该有足够的份量。笔墨即使十分精到,寥寥几笔仍然是不济事的。没有酣饱的笔墨,就不能有真正的画龙点睛之妙。

读文学作品的时候,我们许多人都有这样的感觉,对某些动人的情节,我们的共鸣和感动,并不是一下子就涌现的,它们有点像烧开水似的,热度慢慢增加,终于,冒汽了,喧响了,沸腾了。有时,这种热度加到一定程度之后即告停止,我们的感情也就不能被激动到沸腾的境界。那些作品的作者在节骨眼上,没有真正做到笔酣墨饱,因此,便不能够获得预期的作用了。

这种"重心所在应该有饱满的份量"的道理,在许多地方我们都可以碰到。空旷地方建立起来的纪念碑,有不少建成以后,人们常常觉得"小了一些",原因正是在那么一个空旷辽阔的地方,要树立一个重心,如果不是异常的雄伟巍峨(天安门广场的人民英雄纪念碑就真正做到这一步了),大家就不容易感到满足。大城市的街灯,为什么那种圆球形的,或者玉兰蕊形而密集成圆球状的,当夜里华灯亮起来的时候,会给人以比较美的感觉;而单个或双个的街灯,如果不是圆球形状的,却常常使人觉得单薄和瘦削,那原因,我想也可以从这里获得解答。

人们对于精彩的地方,总是希望能够多流连一会,多欣赏一会。日常生活事象中,可以举出许许多多这样的例子。盛大的节日,总是在"正日"前夜就开始了,春节这样的佳节,旧时代甚至从

"祭灶"一直闹到元宵,前后绵亘达二十多天。园林中风景优美之处,湖中堤上,人们走起来一点也不嫌它太长太陡。美丽的焰火,人们总是希望它在夜空中多停留一会。动人的歌声,人们听过一次之后,总是不嫌重复,热烈要求"再来一个"……。这类的例子难道还少么!

许多优秀的文学作品,在这些关键之处,总是一点也不吝惜笔墨,真正的做到酣畅淋漓。《红楼梦》中写到黛玉痴情、焚稿一类的情节,洋洋洒洒,字数都极其可观。评弹艺人演唱《珍珠塔》,讲到小姐走下十几级楼梯,刻划她的心理变化,竟一连唱了四十几分钟。这些情形,都说明在这些场合,笔墨的数量和质量,有极其密切的关系。数量当然应该以质量为基础,同时,没有一定的数量,也不足以体现质量。

因为唠叨繁琐的文字,使人厌恶,所以,我们经常听到人们在谈论简洁。简洁是重要的,但是,文学工作,细致也是重要的。有些地方,应该力求其短;有些地方,却应该适当延长。缩短和延长,都是艺术家的本领。而这种本领,不能单求之于文字技巧,没有一定的思想水平和生活知识,谈不上适当的缩短和延长。

从人民大会堂那幅巨画的创作故事,我不禁联想起了这一切。

蒙古马的雕塑

我们访问蒙古人民共和国的时候,不论是在首都乌兰巴托,还是在各个省区,都很注意看马。不但看牧人骑马、套马的精彩场面,也看各种有关表现骏马的绘画、雕塑和摄影。

盛产某种物品的地区,如果艺术家把那种物产表现于艺术品中,必定有过人的精彩之处。这正是为什么许多古代洞穴留下来的先民绘画,表现狩猎的情景,描绘野兽的神态,总是那样美妙,甚至使现代的人们也为之赞叹的原因。盛产鳄鱼的地方,关于鳄鱼的绘画,或者用鳄鱼皮制成的工艺品,总是格外动人的。盛产贝壳的地方,画家们关于贝壳的绘画,或者民间艺人用贝壳制成的工艺品,也总是十分出色。这道理,"耳濡目染,熟能生巧"几个字,就尽够说出个中奥妙了。

蒙古有关马的轶事之多,大大超出我的意想。在蒙古旅行,随处都可以看到马,有一次在中央省省会附近的一个大牧场,我看过约莫三千匹马分成数群,遍布草原远近的壮观场面。不但草原上、山坡下、林带中到处有人骑马,就是在乌兰巴托近郊,骑马的人也随时出现。娴习骑术的牧民骑在马背上,仿佛和马融为一体。在这个国家里面,不但大汉骑马,老太婆和小孩子一般也都是骑士。小孩子六岁七岁就跨上马背,八岁就有许多人成为优秀的骑手了。

唯其如此,普通的骑马、跑马在蒙古已经根本不算一回事。只有激烈的赛马,套马,驾驭桀骜不驯的悍马,才比较引人注意了。蒙古的国徽中间,就有一个骑马的牧民,这个形象还出现在许多出版物、商标和餐厅盘碟上面。蒙古的出版物中,还有这样的话:"马是蒙古人生活和工作中最好的朋友。"因此,在传奇、故事和歌曲中,常常赞美了优秀和忠实的骏马。在蒙古的各种古老的口头文学和谚语格言中,赞美马匹的话真像是夏夜繁星一样的多。"心地博大的人,他的袍子里面可以容纳下两匹马。""是不是金子,一炼就知道;是不是好马,一跑就知道。"这一类的格言就是。

在这样的国家里面,不用说,有许多人都善于描绘马,雕塑马。蒙古有很多普通的人,用简单几笔就能够勾勒出一匹马的轮廓。

那么,在这个国家里面,艺术家是怎样表现马的呢?

从博物馆到工场,从公园到大饭店,我一路注意一切有关表现马的绘画、雕塑和摄影,终于觉察到这么一点:在这些艺术品中,很少表现马的平凡的姿态,而总是要表现一些卓特的、精彩的场面。一匹马死板板地站着,一个人骑着马以普普通通的步伐走着,在这些艺术品中是极少出现的。而马在急驰,马人立起来,甚至马和马在恶斗,这种场面,就表现得多了。在中央省省会"宗莫多"的一个艺术品工场里面,我看到工匠们在雕刻着的马,只只都是昂首奔腾的。蒙古有一幅很出名的油画,画的是两匹怒马在恶斗,牧人、骆驼都不敢近前。两匹马都只用后脚着地,前脚像人手似的,互相抱缠搏击,一只马怒睁着眼睛,张嘴猛噬着另一匹。这样奇特的马斗的场面,不要说我们没有见过,蒙古人恐怕也不是普遍见过的。摄影和绘画中最多表现的场面,是牧民的套马杆子的绳圈套住了马,马声嘶力竭地挣扎着;或者,牧民骑上一匹未驯的烈马背上,马圆睁着眼睛,"人立"起来,企图把牧民翻倒……。总之,那种镜头和平常状态比较起来,都是有点非常的、特别的。

在乌兰巴托市的中心区,屹立着两座人物骑马的雕像。一座,就是各地人们时常可以从图片里看到的蒙古中央政府大厦前,革命元勋苏赫·巴托尔的纪念像。这位英雄跨在马鞍上,高举着右手;坐骑矫健有力,一只前脚举起而又下屈着:人和马的神采都生动极了。离这座纪念像不远的地方,在大街旁边,有一块专供行人憩息的种着树木的地方(或者可以说是一座小小的公园吧),中心竖立着一座雕像,又是另一番风味。它表现的是一个穿着长统皮靴的牧童,跨在马背上,一手提着鞭子,一手拉着马缰,这匹马显得异常烦躁不安。它圆睁着眼睛,俯首直到两条前腿之间,后脚却腾空而起,它正发着暴烈性子,想把牧童摔下地来。而牧童却笑嘻嘻的,显然对于驯服这匹烈马,有绝对的把握。整座雕像的重心,完全寄托在马的两个前蹄上面,因为马的后半身已经倾斜腾空了。

初初看到这座塑像的时候,它的神采飞扬,惊险而又深具风趣,就使我完全被吸引住了。此后居留在乌兰巴托的日子里,每逢黄昏散步,经过路旁这个小小花园的时候,我都禁不住瞧这座雕像几眼,心想:"太精彩了,如果不是在一个盛产马匹的国家里面,决不会出现这样动人的马的雕塑。"马的两只前脚高举起来的雕塑,已经够生动了,而这座雕像表现的竟是两只后脚举起来的烈马,骑在上面的牧童竟还是笑嘻嘻的。

后来,我才知道:这座雕像是很博得各方来访人们的赞美的。蒙古出版的国家画册里面,这件艺术品也占据了重要的一页。

从蒙古这些表现骏马的艺术品,从这座牧童驯马的雕塑,我想起了好些艺术上的道理:

艺术植根于生活,生活基础深厚,艺术上的花样才有可能丰富。在罕得见到几匹马的地方,是一定不能产生这样多姿多彩的表现马的造型艺术的。

"平中之奇",原是随处都存在的。对生活不熟悉的时候,只能够看到"平",深入熟悉的时候,就自然会看到这"平中之奇"了。

这"平中之奇",在艺术表现上是多么重要啊!艺术上切忌划一和平庸,能够既掌握一般性,又掌握特殊性,就有可能不陷入艺术风格上划一和平庸的泥淖。

创造,大胆,巧思……这么一些宝贵的东西,只有在熟悉自己所要描绘的对象的基础上才能产生。不熟悉对象,一切都无从谈起了。

…………

高高翘起的象鼻子

中国的象牙雕刻是杰出的,北京的山水人物和广州的花卉动物牙雕,尤其举世闻名。这类工艺品在国外展出的时候,甚至引起一些国际欣赏家们的赞叹:"真不相信人类的双手能够创造出这么美妙的东西来!"

这儿我想来谈谈广州牙雕艺人雕刻的象。这些"象牙象"总是体魄雄伟,神采奕奕。它们的大脑壳形成两个巨大的碗状突起,耳朵像两片大葵叶,鼻子卷曲了几下,向上翘起,真是形神兼备,表现了象在活泼奔腾时的气概,显得生动极了。

端详着这些象,我们很可以发现一些有趣的艺术道理。象分非洲象和亚洲象两大类,前者十分犷悍,耳朵极大,雌雄都有长牙,马戏班极少驯养来演戏;后者比较温和,耳朵比较前者要小一些(自然比较起一般动物来仍是大的),只有雄象生着长牙,马戏班常驯养它们来献技。在中国,我们所能看到的一般都是亚洲象。然而雕刻艺人刻成的象,偏偏不是大家所习见的亚洲象,而是非洲象,那两个大得惊人的耳朵就是标识。

南国的牙雕艺人,要刻自己所没有亲眼见到的非洲象,要刻象比较稀有的那种姿态,这为的是什么呢?我想,大耳朵和高举着卷曲鼻子的象,要比耳朵较小的,垂着鼻子的象更能显示出象的特色。我们的牙雕艺人就采用了这样的表现方法了。

试想：如果完全模拟"真实"，雕刻一些垂着鼻子的、耳朵较小的，甚至没有长牙的亚洲象中的雌象，比较起现在这样的雕刻来，不是要大大逊色么！前代的艺人并不是没有这样干过。我看过一些清代末年的牙雕，那时的"象牙象"就是垂着鼻子的。但是，这样的艺术品经不起时间的考验，渐渐被淘汰了。

不管是出于群众的选择也好，出于牙雕艺人自觉的改进也好，总之，在长期的艺术实践中，艺人们终于掌握到这个道理：表现一种动物活泼灵动的一瞬间的神态，比表现它静静地站着或躺着的样子，要动人得多了。

在欣赏工艺美术品当中，我越来越多地接触到这点道理。不久以前我到佛山的石湾去（这个地方有"中国陶都"之称，那里陶器的产量和品种都已经超过江苏的宜兴了），当地的店铺中陈列着许多陶塑的人物和动物。最近，那儿的陶窑烧制了一些"熊猫"，以三只为一套。有一只是翘首望天，憨态可掬的；有一只好像在翻滚似的；还有一只是正正经经在低头走路的。既然三只配成一套，当然各种样子的熊猫的产量都是一样了。然而这一套工艺美术品，送到商店以后，人们却可以分散购买。这一来，就出现一种奇特的现象了：翘首望天和卧地翻滚的熊猫被人买个干净，唯独那种低头走路、正正经经的熊猫，却有大量存货，人们把它"挑剩"下来了。只此一端，也可以推知广大的群众，是喜欢欣赏怎样的艺术品。

在工艺美术品商店里，我们现在可以越来越多地看到活灵活现的各种雕塑：一个作着跳水姿势的运动员，一个正在跳舞的维吾尔女郎，或者是正在跑马的蒙古青年，正在拔萝卜的一群嬉笑着的小孩……。或者，刚刚跃出水来的鲈鱼，鼓起翅膀寻食的鸭子，正举起前脚嬉戏的猫，仿佛就要振翅飞翔的苍鹰等等。这说明，群众是喜爱这样的艺术品的,民间艺人是越来越好地掌握到新的创作方法了。

我们从世界各国关于人民英雄的雕像里,也可以印证到这一点道理,那些雕像,人物大抵是神采飞扬的,正在从事着某一个动作(例如凝神思索或者骑马疾驰),而他们如果骑着战马的话,那马,一般也总是双双举起了前蹄,正在昂首奔腾的样子。

不仅雕塑,在一切艺术部门中,我们都可以见到,人们不喜欢平庸的、呆呆板板的东西。在古典戏剧里面,大锣大钹、豪管哀弦声中,那些吸引人的戏剧故事总是声情激越、震撼人心或者曲折诡奇、细致微妙的事情。以大家所熟知的《杨家将》故事来说吧,不论是杨令公撞碑、六郎罪子、穆桂英阵中产子,还是杨令婆百岁挂帅、八妹游春、杨排风演火棍等等情节,有哪一部分不是带点瑰奇独特的色彩呢?它们总是表现一些比较强烈的情节,而不是平平板板的事情。

在人们熟知的古典戏剧故事中,大抵都有这点特色。卓越画家的作品,也总是多画奔马而少画站马,多画名山大川而少画平常风景。齐白石画的虾蟹,都是正在游动和爬行的,他还画正在飞翔的仿佛嗡嗡有声的蜜蜂,画正在摇头摆尾的游鱼。这一类情趣盎然的画幅,决不是那些盘子里摆着几条死鱼,旁边放几个洋葱的那一类油画可以媲美。

艺术各部门杰作所包含的这种道理,它们所体现的艺术法则,我想也是同样适用于文学的。

艺术需要强烈。艺术既然非注意形象、概括、集中、凝炼不可,它和生活的关系,很像是蜜和花、焦点和光束的关系,这样,就必须对某方面重要的事物有所突出。突出了,就必然表现出了它的不同凡响、不落窠臼的特点。毛泽东同志说过:"人类的社会生活虽是文学艺术的唯一源泉,虽是较之后者有不可比拟的生动丰富的内容,但是人民还是不满足于前者而要求后者。这是为什么呢？因为虽然两者都是美,但是文艺作品中反映出来的生活却可以而且应该比普通的实际生活更高,更强烈,更有集中性,更典型,更理想,因此就更带普遍性。"如果说,从一些寻常的工艺美术品中,我们尚且随处见到"可以而且应该比普通的实际生活更高"这一重要的艺术原则的充分运用,那么,在文学中,又怎能够不认真掌握这一要点呢!

有没有掌握这一点,这关系到作者能否努力去选择和掌握尖端事物,能否对于重点之处作细腻的加工,能否运用概括和典型化的方法来加深作品的强烈性和集中性。因而,也就不仅对作品的思想深度,也将对作品的艺术力量,产生重要的作用。

古典作家,在无数的艺术经验中也是相当地掌握了这点道理的。因此,古典小说和戏曲都相当重视独特的情节。几百年前,人们曾索性把戏剧叫做"传奇",小说集子也被题以《今古奇观》《拍案惊奇》等等名目,它们处处和一个"奇"字发生关联。当代的优秀作品,它们的情节也总是有它的独特非常之处,作为俄国社会主义现实主义文学奠基者的高尔基的《母亲》,作为中国新文学运动纪程碑的鲁迅的《狂人日记》和《阿Q正传》,能够说其中的故事情节不是相当独特和具有巨大吸引力的吗？

文学作品,如果离开了思想、丰富的生活经验,而只是去追求架空的情节,这自然是邪道。"情节主义"决不值得提倡。但是,如果在重视思想性,重视生活积累的前提下,为了使作品具有强烈性和集中性,注意人物和情节的独特、突出、巧妙、吸引力,不是要比那些只是复述一些平平常常的生活事象,令人感到淡而无味的作品要好得太多吗？

现在似乎有一些人,以为一桩事情是有意义的,就一定能写成好作品。其实世上有意义的事情多极了,却并不是都能写成好作品。究竟那些事情能不能被用来创作出比普通的实际生活更高，更强烈……的文艺作品来，大大值得研究。作品当然首先应该有利于无产阶级政治，而同时还应该"好看"。这"好看"，就是艺术感染力。没有吸引人的情节和生动美妙的文笔，这艺术感染力是难以诞生的。有没有认识这一点，还关联到一个对文艺的基本认识的问题。文艺的教育人影响人的功能是反映在好多方面的，其中包括帮助人认识生活、满足求知欲和获得美的享受等等。比较起一切社会科学、自然科学、逻辑、哲学来，它都应该有更多的"欣赏价值"，或者说，比较有多一些满足读者文娱要求的作用（尽管有人不喜欢这些词儿，但是客观事实如此）。不注意这一点，就必然会对于情节、文笔、艺术力量降低了要求，从而也就影响了那个教育、影响的功能。

我们现在有大量思想性很高，又具有巨大艺术力量的作品，但是也有不少平庸、单调、内容沉闷、呆呆板板的作品。这些作品往往是那些作者本着自然主义的观点写成的，它们的内容一般都谈不上比普通的实际生活更高。其实，自然主义只是人们在掌握、描述事物的幼稚甚至蒙昧阶段的产物罢了。从整个艺术发展史看来是这个样子（初期西方的现实主义文学是从自然主义开始的），从认识论的观点看来也是这个样子（形而上学是处于幼稚阶段的人、不肯多动脑筋的人就自自然然会掌握的）。

在精彩的牙雕美术品当中，象鼻子为什么举了起来这一类事例所体现的最基本的艺术法则，值得我们探索和深思。

幻想的彩翼

在戏曲艺术片《还魂记》放映的时候,我听到座后一对男女观众议论的声音:

"真是莫名其妙!两个不相识的男女在梦里会碰在一起互相恋爱,女的死了,埋在地下好久掘出来还会复活,这样的情节怎能教人相信和感动呢!"

《牡丹亭》(《还魂记》)里面,柳梦梅和杜丽娘的恋爱故事的确是奇特的。就是小孩子也知道这样的情节完全出于幻想和虚构。它不能使现代一般的人们感动是自然不过的事。但是,如果以为在它刚刚问世的明代,也没有人被感动过,那就大错特错了。汤显祖这部传奇,当年开始上演的时候,不知道使多少痴男怨女都为它伤心下泪。尤其是闺阁妇女,看了这出戏,更加如醉如痴,有些妇女还因此疯狂般追求起汤显祖来。当时好些妇女认为这是第一部好戏剧,理由是在世俗生活中难以办到的事,在这出戏剧中都办到了。天各一方可以在梦中幽会,死后埋掉又能复活还魂。唯其如此,她们认为这戏写尽了男女间的"至性至情",为之倾倒不已。清代焦循的《剧说》一书,就写下了许多当时这出戏剧使人激动悲伤的故事。《牡丹亭》在数百年间魅力一直不衰,至今葬在西湖畔的一个旧时代的苦难妇女冯小青还留下了这么一首悱恻动人

95

的小诗:"夜雨敲窗不忍听,挑灯闲读牡丹亭,世间也有痴如我,岂独伤心是小青。"从这首小诗,也可以想见:《牡丹亭》在数百年间,感动过多少受到封建礼教禁锢的人们。

因此,可以说,以生活真实为基础,加以提炼升华起来的幻想,有时即使情节离奇,却同样可以具有巨大的感人力量。这些"幻想"的东西,也不仅仅是嬉笑怒骂而已,作者写它们的时候,是常常付出了极其真挚的情感的。汤显祖在写作《牡丹亭》的时候,据说写到伤心处,就曾经伏案痛哭。

幻想,这真像是闪光的彩翼,作家插上了这对翅膀,就可以上天入地,探奥搜奇,和草木交往,与鸟兽倾谈,拜会古人,访寻来者……而抒发最严肃的感情,有时最适宜的竟是幻想。《离骚》就是一例。屈原在他的长诗中开展了一个美丽神秘、碧海蓝天的境界;神灵鬼魅,到处充斥。但是我们却不感到那些神仙有什么威严,倒是屈原骑龙使鸟,上天入地,呼叱着一切月神、日神、云神、风神,咒骂天地的不仁,怀疑古老的传说,却使我们充分感到人力的神奇和诗人追求精神的强烈。幻想,可以说是作者生活、思想、感情的一种升华。

满足读者的好奇心,作者需要幻想;把事物集中概括起来,作者需要幻想;使"神龙见首不见尾"的事物纤毫毕现,作者需要幻想;表达自己强烈的愿望和想象,作者尤其需要幻想。

幻想——这对彩翼,我们经常有需要它的时候!

幻想,这是一种重要的文学才能!

幻想,只要它是从现实生根的,它又可以是一种十分切合实际的斗争手段。

想一想西欧的少年儿童,在数百年间,是怎样地着迷于《列那狐的故事》《鲁滨逊飘流记》《格列佛游记》吧!想一想东欧的少年儿童,是怎样地热爱他们的《白熊奶奶》《蟒魔王》《宝石花》之类的童话,我国的少年儿童,是怎样地热爱《西游记》《哪吒闹海》《老虎外婆》之类的故事吧!幻想,是儿童文学园地中一位受人欢迎的美丽的仙女。

如果以为这些事情谈得远了,我们也可以来谈些近的。鲁迅的散文诗集《野草》,其中有好几篇的情节就完全是根据幻想虚构而成的(虽然那是植根于现实生活的幻想)。例如《复仇》《狗的驳诘》《墓碣文》《死后》等篇就是。这些文章的情节,有的是一男一女,裸身各握利刃立于旷野之上;有的是狗居然向叱骂它的人作了人言,雄辩滔滔;有的是墓里的死尸忽然能够坐起;有的是作者描述自己死后遇见的一切,包括蚂蚁在颜面上爬行和苍蝇舐食身体时自己的感觉等等。如果用世俗的眼光看来,这些内容几乎都是荒诞不经的。然而鲁迅正是通过这种独特的艺术构思和奇异的幻想,使他企图表达的那个严肃的思想达到了异常深刻的境界。

以为幻想到超越常理的事物没有感动人的力量,是不符合于历史的实际的。《牡丹亭》的故事曾经那么风靡一时,赚了不少人的热泪,就是一个例证。

某些人所以会贬低幻想在文学创作中的意义,只是因为他们不理解幻想和真实之间的血缘关系罢了。

列宁在《党的组织和党的出版物》那篇论文中,一方面断言文学要成为党的总的事业的组成部分,同时也强调地指出了党在自己的文艺政策方面应当考虑到文艺创作的一切特殊性和一切复杂性。他指出:"无可争论,在这个事业中,绝对必须保证有个人创造性和个人爱好的广阔天地,有思想和幻想、形式和内容的广阔天地。"在这里,"幻想"这个词儿,是和"思想"被并列着,铿铿锵锵地给提出来了。

在提高思想、深入生活、加强艺术素养的前提下,我们必须培养和发展幻想的才能。必须能够根据丰富的生活的材料,活龙活

97

现、栩栩如生地虚构事物,必须能够上天入地、纵横驰骋地进行形象思维,构思一些如巴尔扎克所形容的"庄严的谎话"。

如果不是知识丰富、感情热烈、经常吸收丰富的文学营养、热爱思索的人,是不可能发展"幻想"的才能的。如果对别人的幻想之作毫无欣赏的兴趣,自己又怎能插上一对幻想的彩翼呢!

但是整部文学史都告诉我们,我们十分需要这样一对美丽的、想象的、轻快翱翔的金色翅膀。

北京花房

　　每次到北京去,我总喜欢去逛逛鲜花店子。这类店子,各个大城市都有,但是北京的似乎特别丰富,特别迷人。你在市街各处蹓跶,经常可以碰上。一踏进去,人就立刻给绚丽的色彩和芬香的气息包围住了。在里面盘桓,时常可以感受到一种特殊的情趣。

　　今年从初春到暮春,我有好几次到北京去,看到这种花房里,鲜花的品种随着时序不断变化,仿佛是"二十四番花讯"的展览会似的,印象尤其深刻。我推开了一扇扇的玻璃门,观赏了一处处北京花房的风光,有时也买一两束鲜花,带回住处插瓶。这种花房里的鲜花,十分灵敏地反映了春天的脚步。一会儿是荷包花、令箭荷花、仙客来、香豌豆、马蹄莲啦,一会儿又是水仙、牡丹、芍药、玫瑰、剑兰、绣球、晚香玉啦,像是接力赛跑似的,几样花卉接着几样花卉,轮番涌现。在鲜花丛中,棚架之上,又夹杂着几盆常绿的印度胶树、铁树、扁柏一类的植物,互相掩映。到了暮春时节,气候温暖了,花卉大量上市了,花房里好像再也没法容纳似的,有许多盆花,连同许多生机勃勃的小果树都被搬出门外陈列和贩卖了,情形也就格外显得热闹。

　　北京花房的特殊风味,是和鲜花被高度集中起来分不开的。在这种地方,你可以在最小的空间里面看到最多的花,它的密集程度,就是花圃、公园,也是不能比拟的。各种各样的鲜花密集在一起,就自有它的奇趣。譬如说:有一种在南方没法看到的荷包花,一朵朵都像个锦绣荷包似的,色彩异常繁缛,几乎什么颜色都有。当单样颜色的一盆荷包花陈列在那儿的时候,并不怎样的惹眼,但是各种颜色的荷包花一盆盆接连摆在一起的时候,可就令人有遍地繁星一样的瑰奇感觉了。其他的花卉,当它们密集在一起的时候,也同样能够产生这种奇趣。而花店,正是各种各样花卉高度集中的地方呢!我们在这儿看到的丰富的色彩,闻到的强烈的香味,领略到的繁花如锦,尽收眼底之妙,原都是由于鲜花被高度集中了而产生的。

因此,尽管花圃、公园都自有它们吸引人的地方,然而花店的特殊情趣却是它们所代替不了的。即使不是为了买花,这种地方也时常吸引了我们的脚步。

概括,凝炼,强烈,集中,使寻常的东西,变得奇特起来,不仅仅是北京花房如此,世间许多事物,都是这样的。就是文学艺术,凝炼,强烈,也是产生艺术力量的重要因素之一。

从古到今,伟大的思想家、艺术家,对艺术的这种特点,作了许多的阐释。毛泽东同志的《在延安文艺座谈会上的讲话》中说:"人民生活中本来存在着文学艺术原料的矿藏,这是自然形态的东西,是粗糙的东西,但也是最生动、最丰富、最基本的东西;在这点上说,它们使一切文学艺术相形见绌,它们是一切文学艺术的取之不尽、用之不竭的唯一的源泉。……此外不能有第二个源泉。"同时又指出:"人类的社会生活虽是文学艺术的唯一源泉,虽是较之后者有不可比拟的生动丰富的内容,但是人民还是不满足于前者而要求后者。这是为什么呢?因为虽然两者都是美,但是文艺作品中反映出来的生活却可以而且应该比普通的实际生活更高,更强烈,更有集中性,更典型,更理想,因此就更带普遍性。"

十九世纪拉丁美洲的革命诗人何塞·马蒂,说过一句意味深长的话:"写作的艺术,不就是凝炼的艺术吗?"

可见,集中、凝炼,在艺术工作上具有重要意义。历史上著名的《清明上河图》《江山万里图》,如果不是精炼地把事物集中在一起,而是自然主义稀稀疏疏地描绘风景的话,它们决不可能有那么强烈的艺术魅力。

蜜蜂从千万朵花中采集和制造出蜜糖,蜜糖的甜味比花的蜜水更强烈。艺术家从丰富的生活事象中经过概括的过程,创作了艺术品,这作品中所表现的生活,是比实际生活更强烈和更集中的。

同样的道理,说这像从海水中制出盐来,从果子中提炼出果汁来,我想都无不可。我们简直可以把这种状况看做是"浓缩"的过程。

没有千万朵花是酿不出一斤蜜来的,没有许多的果子也是提炼不出一瓶果子汁来的(这正像稀稀落落几朵花不可能布置成一个花房一样)。没有丰富的生活知识就谈不上什么"概括",什么"厚积而薄发"。思想贫乏,这个概括的过程也是难以完成的,因为正像缺乏一根线去串起生活的珍珠一样。缺乏直接的感性知识,固然完全不行,就是间接知识太贫乏,对这个过程也有不利之处。因为,间接知识,经过一个直接知识丰富的脑子的消化之后,时常可以对形象的创造起补足和辅助的作用。

这种虚构,决不是主观地随心所欲、为所欲为的虚构,它是植根于深厚的生活土壤之中的。没有这基础,这种虚构只能是不伦不类的事。想象的列车可以纵情奔驰,但是它不能离开坚实的生活基础的轨道。

掌握这一点道理,还可以解释艺术领域中许许多多的现象。

为什么好的艺术常常给人以一种诗意强烈的感受呢?因为概

括集中了，它就强烈了。一朵花，我们不大觉得它香，但是从许多花朵提炼成的香精，只要一滴，我们就感到它的浓郁了。许多诗歌，戏剧，小说，所以有强烈感人之处，和作者正确地把素材浓缩表现出来不是关系极大么！这和北京花房比较花圃园林来别有一番情趣，格外令人目不暇接，颇有它的共通之处。

由于概括集中，事件也就比较紧凑了。为什么在小说戏剧中，人物在一个短暂的时间内总是要遭遇许多事情呢？为什么比较起生活的真实来，事件好像有较多的"巧合"呢？我想，在某种程度上，这正是经过艺术概括之后，不可避免的一种现象。它的道理，正如粥锅里的水减少了的时候，米粒与米粒之间碰触的机会就增加了一样。正和花房里的鲜花，密插在瓶里的时候彼此碰触的机会，比较它们在园林里的时候，增加了一样。

薄薄一层水，是透明无色的，但是深厚的海水，却呈现出湛蓝的颜色了。事物概括集中之后，也出现这种状况。在艺术品中出现某些特别的细腻和粗犷之处，它的道理也是相同的。甚至艺术品中某些变形、夸张之所以必需，也可以从这点道理中获得解答。

这种概括、集中不是毫无选择，"鸡毛鸡肉一起炒"的。就是从鲜果子制取果汁，也不需要把果核一起拿来压榨。所以，艺术作品表现事物时，略去无关紧要的地方而突出主要部分，实在是合理不过的事情。我们既不赞美把鸡肉和鸡毛一起炒的厨子，难道还会赞美那种不起主观抉择作用，只像一面普通镜子那样，死板板地反映事物的艺术家？

因此，这种艺术上的概括，集中，对事物也不是按比例"浓缩"的，它要突出主要之点，以服务于主题。正像许多光学仪器帮助人们清楚地看到景物一样，艺术也应该在反映社会生活时具有这种光学仪器似的作用。

从北京花房的引人入胜,我想起了某些事物概括集中之后产生的魅力,不由得也联想到艺术上概括集中的道理。"写作的艺术,不就是凝炼的艺术吗?"何塞·马蒂这句话,说得真是豪爽和痛快啦。

《醉了的酒神》和《睡着的爱神》

  艺术,是用概括、集中的方法去表现生活的。因此,艺术所表现的比实际生活强烈、集中,这是我们熟知的道理。

  在阅读一些优秀的文学作品的时候,我总觉得,强烈是它们的特色。"温吞水"似的东西,总是不能震撼人心的。

  不是有人形容艺术的真实和生活的真实的关系是蜜之于花吗?蜜糖的甜味比花心的甜液要强烈。

  许许多多古代的艺术家,老早就已经掌握了这个道理。有趣的是:某些艺术家,虽然不写什么艺术论文,然而从他们对作品的命题,就已经充分体现出他们对这一艺术原理的深刻体会了。这中间,文艺复兴时期意大利画坛巨匠,和达·芬奇、拉斐尔并称三杰的米开朗琪罗,对自己许多著名雕刻的命名,就是发人深思的例子。

  米开朗琪罗雕刻的酒神,题目是《醉了的酒神》;他雕刻的爱神,题目是《睡着的爱神》;他雕塑的"圣母",题目是《抱着基督尸体的圣母》……仅仅从这些题目看来,就足以令人感受到那强烈的味道。

  米开朗琪罗从少年时代一直到老死,终生都从事雕塑和绘画工作。他跟名师学习,也跟石匠学习;他作为一个艺术家,亲身参加过反侵略战争;他为罗马教堂绘制壁画,但却瞧不起教皇;他在教堂的台架上面进行艺术劳动,常常一连几天不下来,有一次,他的牛皮靴子破烂了,想掉换一双,不料把旧靴脱下来的时候,连带把脚皮也扯下一大块,因为他已经好几个月没有脱下他那双牛皮靴子了。他在台架上长年累月地劳动,甚至把身体也熬成畸形的了。

这样一个美术巨匠,对于艺术当然有他的独特的见解。他的绘画和雕刻,总是给人十分强烈的感受。他雕刻周身充满了活力的"大卫",雕刻长髯飘拂到膝上的苍老豪迈的"摩西",他雕刻抱子悲伤的"圣母",他描绘愤怒的耶稣,不论是他的壁画《创世纪》和《最后的审判》,还是他的许多雕塑,都给人以暴风骤雨气势撼人的印象。我记得上海解放前进步力量主办的《文艺复兴》杂志,就长期用米开朗琪罗绘制的一幅以《愤怒》为题的人像作为封面装饰,以表现人民当时对于反动派统治的愤怒。那幅画的特点也是异常强烈的。

米开朗琪罗对艺术法则的见解已经融汇于他对作品的命题中。试想:醉了的酒神,酒味不是更浓厚了吗?睡着的爱神,不是显得更加甜蜜温柔了吗?而抱着耶稣尸体的"圣母",比处于日常生活状态中的玛丽亚,不是更加显得感情激越吗?

艺术应该比生活更集中、更强烈的道理,米开朗琪罗在他的作品中,是充分发挥了的。

强烈,不一定是指的震天撼地、狂欢悲哭那一类,把生活中的事象浓缩起来,有时是格外浓烈,有时是格外清幽,有时是格外粗犷,有时是格外细腻。总之,艺术总是有它的"格外的"、"高一个音阶"的地方。

为什么艺术时常不得不进行夸张和出现某些变形呢,从这里也能获得解答。

为什么古代许多民间故事,开头一直都是很现实的,后来却总是以一个类似神话的尾巴作结,如孟姜女一哭而长城倒了八百里,窦娥一死而颈血飞溅上白绫;痴男怨女殉情后隔河会长出连理树;受苦的媳妇死后就变成了啼血的鸣禽……也可以从这个道理中获得解答。

为什么"好得要死"、"高兴得要命"那类不合逻辑的语言仍然具有很大的生命力,也很可以从此中索解。

各地的谚语为什么总是那样夸张——江南人说:"上有天堂,下有苏杭。"山东人说:"登泰山而小天下。"安徽人说:"五岳归来不看山,黄山归来不看岳。"四川人说:"峨嵋天下秀,夔门天下险,剑阁天下雄,青城天下幽。"广西人说:"桂林山水甲天下,阳朔山水甲桂林。"——这道理也可以从"要求强烈"这一点获得解答。谚语本来也就是一种语言艺术。

艺术,以生活的真实为基础,而又比生活真实更强烈,更集中,但是在某些夸张和变形中又决不能离开原来的基础,这些道理,是一环紧扣着一环的。

一幅古画的风味

一九四九年,在长沙近郊的一座战国时代的楚墓里发现了一幅晚周帛画,算起来,它距今已有二千多年了。

十余年来,在不少出版物中我都看到这幅画,它为不少人所津津乐道,一直使人感到浓厚的兴趣。这不仅因为它是现在我国所发见的最古老的一幅画,而且也由于它的作者手法十分卓越,很能给人以艺术美感和思想启发的缘故。

这幅画,是画在一张丝织品上的。上面画的是一只象征美好、生命与和平的凤,正在和一只象征邪恶、死亡与灾难的夔(神话中一足龙状的木石之怪)搏斗,在凤的下面,有一个穿着长裙的妇女正在合掌祈祷。从凤的矫健有力和夔的扭曲狼狈的姿势看来,显得凤已经战胜了夔,妇女的神态是安详和庄重的。

这幅帛画在考古上的价值是不待说了,就是单单从艺术的观点看来,也很令人赞美。画家把现实的人物和想象中的凤、夔画在一起,妇女的双手、凤的尾巴,都不斤斤拘泥于刻板的写实;在整个画幅中,凤和妇女两者占了画面的绝大部分,而夔只占画面的五分之一;那只凤,又特别被渲染了它那正在搏斗的强健有力的脚爪。这些处理手法,都鲜明地突出了主题。显然,这位两千多年前的画家在艺术表现方法上,是掌握了想象、概括、夸张、变形这种种手段的。

　　想象、概括、夸张、变形这些艺术手段是多么的重要呵！它能够更加高度地表现生活和理想，许多古代流传下来的卓越的艺术品，充分地表现出当年的艺术家们早就在若干程度上接触到这种艺术法则了。

　　绘画可以说是用线条和颜色来表现的文学，文学也可以说是用文字来表现的绘画，艺术各部门的道理在根本上是息息相通的。看到两千多年前的画家尚且能够在相当程度上掌握浪漫主义的手法，想到距离那幅画问世已经两千多年的今天，却仍有人对于想象、概括、夸张、变形这些道理不敢轻易去接触一下，自然主义还经常是某些艺术工作者自掘的陷阱，想着想着，不禁捏了两把冷汗。

　　时代的进步使人们理解到：一切艺术品，不管它如何花样繁多，都是本着各种阶级观点的人对于现实生活的正确或者大体正确或者歪曲的反映。知道艺术作品应该表现生活、指导生活自然是一种巨大的进步，但是，如果因此就把反映生活当做刻板地记录生活，把想象、概括、夸张、变形这一类艺术手段统统忘掉了，却未免令人联想起有些人学了点卫生常识，却反而惴惴不可终日的怪事来了。

　　因此，我想这幅令人喜爱的古老的帛画，它所体现的艺术手法，值得我们珍视。

英雄手中的花束

每一个大城市总有一些著名的广场。广州就有好几个,其中一个叫"海珠广场"。

海珠广场座落在珠江岸畔,异常辽阔,闻名全国的海珠桥就在它的旁边,四围大厦矗立,绿树婆娑,是一个很美丽壮观的所在。广场的中心,雄峙着一座解放军战士的英雄石像,底座和英雄像都是用花岗岩凿成的,差不多有两层楼高,气象雄伟,和这个巨大的广场,相得益彰。

我每天坐车经过广场,对这座英雄石像手中的花束,总要引起许多的遐想。

原来这座石像在设计过程中,是曾经修改过的,英雄捧持花束的手势,就是修改较重大的一项。

现在的英雄石像,右手握住步枪,左手屈到胸前,捧持花束,英武庄严,神采奕奕。但是,起初设计师设计这座石像的时候,却是把他的捧持花束的手设计成垂下来的。经过郭沫若同志和前任的广州市长提了意见,才改成现在这个样子。

我看到英雄石像的时候,总是这样想:"当时要是没有这一改动,可不知道要造成多大的遗憾!"拿着花束的手垂下来了,那座石像虽然并非因此就失去了英雄气概,但和把手举到胸前捧持花束的姿势一比，却是逊色不少的。

为什么把花束捧持到胸前比较起垂手拿着花束的姿势好看呢？这可以说是美学上的问题，但是艺术上美的问题总是有它的思想上的原因的。

捧持花束的姿势所以更美，是因为这表现了英雄更加神采奕奕的一瞬间的情景，并且更表现了英雄刚刚把鲜花接到手时的庄重的神态。我们从这个姿势更加感到英雄的严肃威武与可爱可亲。

一个人接过别人献赠鲜花的时候，起初总是把花束捧持起来的，只有经过一段时间以后，手才会垂下去。前一个姿势比后一个姿势要严肃和生动得多。艺术要表现的正是最动人的事物。

我们想想各国著名的艺术塑像，一个英雄，跃马奔驰时的情景，不是要比平静地坐在马背上好看得多吗？一个思想家艺术家的塑像，托额沉思或者振笔疾书时的姿态，不是也比呆呆地坐着的姿态要动人得多吗？

这一艺术上的道理，古代的艺术家，就已经充分掌握它了。古希腊关于爱神维纳斯和太阳神阿波罗的雕像，十九世纪以来，曾经给人陆续发掘和根据碎片描绘出来。那个我们在美术馆之类的地方常常可以见到的没有手臂的爱神维纳斯像，在未曾被帝国主义的兵士因抢夺而打断手臂以前，据说原本的姿态是这样的：她左手抬起，托着一只苹果，右手拉着衣裳。至于那个太阳神阿波罗的雕像呢，则是左手半举执弓，右手置于头上。这些古代希腊的著名雕像，都是一手以至于两手都举起的。爱神举起一手托着象征爱情和美丽的苹果，太阳神把大弓抬到接近肩部，多么的活泼生动、神采飞扬！古代的雕刻家和我们现代艺术家创作雕像的目的尽管不同，但是服从于那个目的所采用的艺术方法，则自有它的共通之处。

近年来我们从许多陶瓷雕塑中,可以看到不少雕塑家已经很能掌握这个道理了。他们纷纷雕塑出在行动中的、神情栩栩的人物。例如正在拔萝卜的一群小孩;正在投篮的运动员;正在急速舞蹈着的芭蕾舞演员;正在给猪只洗澡的饲养员等等就是。

选择那最能够表现思想的事物,选择那活泼灵动的一瞬间的景象,选择那尖端的精粹的部分……,这些道理,不但适用于美术,我想也同样适用于文学。许多精彩的小说、戏剧、诗歌、散文,在题材选择上,不是常常注意到这些道理么!

镜　子

"这个作家真像是时代的一面镜子。"

"他的作品是生活的镜子。"

…………

把善于精确反映事物的作家和他们的作品譬喻作镜子,是我们所常见的。

然而,有一句德国谚语说:"一切譬喻都是跛脚的。"譬喻,往往"取其一点,不及其余"。这就常常留下了漏洞,为绝对主义者造成了理解上的陷阱。

我想:用镜子来形容文学反映生活的功能,也同样有蹩脚的地方,因为优秀的文学作品,决不是自然主义地、死板板地反映事物。

如果一定要采用这个譬喻,我想:这"镜子"应该是极其广义的,或者可以说是世界上一切光学仪器的总称。因为单独运用某一种仪器,都不能够在特定环境下反映(也就是让人们认识)特定事物。那种梳妆镜、照身镜一类镜子的功能,也是很有限度的。

人类发明各种各样"镜子"的历史,大概是充满了惊叹符号的吧。第一面铜镜磨出来的时候,第一面玻璃镜子制造出来的时候,人们从上面看到自己的容颜,大概都曾经惊奇过。

以后,普通的镜子,人们终于逐渐觉得平常了。但是光学仪器一样一样被发明创造出来,通过这些东西,人类的视野扩大了,看到许多平时看不到的事物。当人们第一次接触这类仪器的时候,时常惊奇得大叫,或者快乐得难以自持,这是的的确确记载在历史里面的。

十七世纪初,一个荷兰的磨琢镜片的工匠,一天到晚把厚厚薄薄的玻璃,磨成了各式各样,大大小小的透镜,并由此制出了第一具显微镜。当他第一次从镜里看到放大了的微生物的时候,曾经惊异得大叫起来,一直飞奔到大街上。

约莫同一个时期,伽利略运用了光学的原理,制成了一个略具雏型的望远镜,向月球窥视,看到了平素从来不曾见过的景象,也曾经失声欢呼。

稍后,牛顿用一块棱镜让日光通过,分析出日光的七种颜色,从棱镜射出来映到墙壁上的是一条非常漂亮的七色的彩虹。混合光秘密的发现,也曾经使牛顿为之狂喜。

这些显微镜啦,望远镜啦,棱镜啦,它们所以能够使人们感到喜悦和惊奇,因为把原本存在于世界和宇宙间的事物的细微奥妙之处,那人类肉眼不能察觉的东西,都纤毫毕现,让人们看个清楚了。

还有各种各样的光学仪器,那从深水潜艇里望出海面的潜望镜啦,那能够帮助人们看到内脏和骨骼的爱克斯光机啦,样样都为人们所需要。甚至,就连把人体反映得肥瘦离奇,逗人哈哈大笑的凹凸镜(哈哈镜),在某些特殊场合,它也为人们所需要。譬如说,在游乐场里,它就自有它的价值。

人们需要各种各样的"镜子",因为在甲场合,这种镜子有它的作用,在乙场合,那种镜子又有它的作用。它们可以扩大人的视野,提高人的认识。"寸有所长,尺有所短。"因此需要兼收并蓄,不可偏废。自然,这种状况的存在,并不是说,没有某一些"镜子",是特别为人们所普遍需要的。

我们用来反映生活反映事物的镜子,是简简单单的一块平光玻璃吗?是一面一般镜子吗?我以为不是,我们需要各种各样的镜子。自然,平光玻璃和一般镜子在这中间占着很大的地位,但是它们决不等于全部的广义上的镜子。望远镜,显微镜,爱克斯光镜,潜望镜,……在各个场合,它们都有特殊的反映事物、协助人们提高认识的功能。我们需要的镜子,是由许许多多部件,各式各样镜片组成的复合的镜子。

仅仅是人类需要发明和运用多种多样光学仪器这么一回事,就够启示我们在文学理论上领悟到:把"生活的镜子"仅仅理解为一面死板地反映事物的普通镜子,那是错误的。

单靠一块平光玻璃,一面照看容颜的镜子,不能反映一切复杂的事物,不能在一切场合都充分有用。仅仅是这么一点道理,也就够印证文学创作上自然主义的幼稚和缺陷了。

毒物和药

有一些被人公认是毒物的东西,一到了良医的手里,却往往变成妙药。

砒霜,这东西够毒了,但是医生有时治皮肤病,却用得着它。

蛇毒,它的干粉一克就可以杀死整百的牛羊。现在,却有一些人专门养蛇采毒入药。越毒的蛇越好,人们专找些眼镜蛇、响尾蛇之类来饲养。

蝎子,这也是够毒的东西了。然而中医却用它来主治惊风抽搐,以及疮毒等症;近年来西医还证实它可以医疗大脑炎。东北地区的人民公社就有专门建筑蝎房来养蝎的。

蜂毒,这也是够厉害的东西了,但是用它制成针剂,却又可以医疗关节炎。

"箭毒"(一种树的毒汁,用以涂抹箭镞杀兽)、蟾酥(癞蛤蟆皮肤的分泌物,有剧毒)、鸦片、吗啡……这些东西,在对症施用,并且份量适当的时候,也都变成了妙药。

知道某种东西是毒物,这是十分重要的;但是知道了之后,又能在某种场合适当加以运用,使它一变而为妙药,这却要比仅仅知道它是毒物的那种认识,更跨前一步了。

在艺术工作中有没有这种类似情形呢?我想也是有的。

传说旧时代有这样的轶事:有一个人参加诗酒之会,和朋友联句吟诗。这人根柢很差,下笔竟写出了一句不成话的诗:"柳絮飞来片片红"。柳絮怎么会是红的呢?此语一出,四座哗然。另一个人忍受不了,就提笔在这句子上面加了一句"夕阳方照桃花坞",这一来,"柳絮飞来片片红"那不成话的一句诗,竟忽然间一变而成为精彩的诗句了。

同类的一个故事,说有个诗人给一个富贵人家的老太婆题诗贺寿。他写了第一句"这个婆娘不是人",举座失色;但是他接着写下第二句:"九天仙女下凡尘",那人家的儿孙们看见,就转怒为喜了。诗人又写了第三句:"儿孙个个都成贼",大家看了不禁又勃然震怒;但是诗人把笔锋轻轻一转,写出了结句:"偷得蟠桃奉至亲",大家又只好改颜赞许了。

旧时代,这一类的文谈诗话是不少的。假如说这一类的笑谈有什么思想性的话,我觉得在于它给了我们一点重要的启示:事物因时因地因条件而变异,决非一成不变;在艺术表现方法上,"绝对不行"的事是极少的。

在文学史上,常常有许多"文章法则"被人粉碎的故事,那道理,和这一类的轶谈如出一辙。这和良医可以使毒物成为妙药的道理,也有共通的地方。

健康的思想,丰富的生活经验,熟练的艺术技巧,这些自然是艺术工作的根本要求;但是除了这些根本要求之外,其他许许多多的"小道理",却往往只是"相对真理",参考是可以的,而要是把它们绝对化起来,却必定成了所谓"条条"和"框框"。

举例来说,"眼见为实,耳听为虚",自己亲眼看过的东西,描绘起来总是比较生动的。但这也只是一般而论罢了。对于一个直接生活经验丰富,而又掌握大量资料的人,听来的东西也可以把它描绘得栩栩如生。在一些著名的历史小说中,我们就常常可以读到这样的场面。

根据若干历史传说材料,出之于百分之九十以上的想象,这样"架空"的作品大概是没有什么真实感吧?但是,许多名家笔下的耶稣、伊索、苏格拉底之类的故事,马克·吐温的《夏娃日记》、鲁迅的《故事新编》中一些虚构想象的篇章,却使人读了十分亲切和感动。

一个人没有到过某个时期的某个外国,却去描绘外国生活,这该是荒诞不经的吧?但是,《牛虻》《尤利乌斯·伏契克》《罗森堡夫妇》那一类的小说、剧本,却为我们留下了良好的范例,那些作者居然生动地表现了外国志士的斗争生活。

…………

类似这样的例子少吗?不少!

对某些人是险阻道路的事情,对某些人却可以是阳关大道。

这,怎能不使人想起良医化毒物为妙药的事迹呢?由于医生水平的高低,医疗对象及其病况的不同,用药剂量的轻重,决定了毒物能否转化为妙药。

这样说,自然不是讲艺术工作没有什么根本规律。如果因此认为思想、生活和技巧都不重要,那自然荒唐透顶。否认这些根本的东西,等于疯子以为揪住自己的头发向上提,自己就能飞了起来。但是,"大体则有,定体则无。"一个作家,越是能够具备那些根本条件,他的直接的生活经验越丰富,知识越渊博,他在艺术园地里就越是能够纵横驰骋,越不会去"划地为牢"。

我想,这样说,该不致于被人误认是宣传把毒物当饭吃,或者宣传培植毒草,或者宣传踢倒一切规律吧?这个譬喻,仅仅是说明:致人于死的东西适当运用尚且可以转化为妙药,那么艺术工作中,不属于根本规律的某些"条条"和"框框",又有什么不可打破的呢!

广州城徽

世界上许许多多大城市都各有自己的"城徽"。例如华沙的城徽是美人鱼，柏林是熊，布拉格是金狮子，罗马是母狼……

中国好些城市也各有自己的"城的标记"，例如北京，旧时代用的是天坛，现在是天安门；广州的城徽很特别，它是五只羊。

这是和一段古代神话密切联系在一起的。

传说周代时候，南海有五个仙人，衣各一色，骑着颜色不同的羊，飞临这南方膏腴之地，留下了一茎六出的谷穗，祝福这里永无饥荒，然后腾空而去。这是个反映古代农民崇拜自然威力和憧憬幸福生活的美丽神话，由于它世代流传，因此广州又有五羊城、石羊城、仙羊城、仙城、穗城、羊石等等称号。

由于五只羊可以说是广州的城徽，这个城市出产的啤酒、火柴、电池之类，用"五羊"做商标的可就多了。那些商标图画一向不大高明，总是有五只大小差不多的山羊聚集在一起就是了。

不久以前，有人倡议雕刻一座巨型的五羊雕像，置放在越秀山上。在古代，当广州市区还是一片汪洋大海的时候，越秀山就巍然屹立了。那时，南海的浪花一直喷溅到它的山麓。这样的石雕置放在这座山的范围内，可真合适。

艺术家们匠心独运，不久就刻成了一座石雕，他们采取了和啤酒、火柴、电池的商标图画完全不同的表现手法：五只羊不是体型大小差不多而是相差很大。有一只最巨型的山羊雄立在顶端，浑身是劲，神态栩栩，那弯曲的角，圆睁的眼，飘动的髯……都给刻划出来了。它使人想起一只巨羊登临在岩石上，顾盼生姿的情景。其他的羊，依次环绕在下，有一只最小的，还钻到一只母羊身底下去吮乳。最小的羊和最大的羊，体型差距，竟达好几倍。

大家都对这座雕刻大为喝采，认为它构图巧妙，由于突出了一只大羊，使得羊群的神气生动极了。但也有一小部分人所持意见和这相反，他们说："在神话传说中，仙人骑的五只羊都是差不多大小的，为什么现在的这座雕刻，却把有些羊刻成了吮乳的小羊呢？""这座雕刻只突出了一只雄羊，其他的羊就显得无关紧要了。"正因为有这一方面的意见存在，《五羊石雕》公开陈列的事情，便遭到了延宕。

但是，群众和时间毕竟是最好的裁判者。各处到广州来的人看到这座石雕，都纷纷赞美。它的图像渐渐为许多印刷品所刊登了。这一来，广州的城徽越发深印在许多人的脑子里。我想不客气说一句，那些以为五只羊必须一般大小的人的观点，不过是把那些啤酒、火柴、电池的商标广告的艺术水平奉为金科玉律罢了。

也许有人会问："吮乳的小羊，仙人怎样骑呢？"我们大可以笑着这样回答："变化乃仙家常事。你为什么一定要禁止仙羊大变小，小变大呢？"

"备多力分"，平均主义地使用力量，结果就不能突出重点。虽然艺术是一个整体，不容对某一部分马虎从事，但这点道理却是和"突出重点"的道理辩证地统一起来的。

有一只羊格外地雄壮和威武，连其他的羊也都为这种生命力所感染了。这正像画家倾力刻画近处的人物风景，远处的人物风景也仿佛被赋予了生命，灵活起来一样，虽然"远山无皱，远人无目",也无关宏旨了。

通过少数表现多数,通过个体表现一般。传统戏曲是很能掌握这一艺术法则的,因此,舞台上的八个兵丁,就代表了千军万马;一生一旦的戏可以唱半天,一大群人物挤在舞台上的场面却总是不会持久。

从广州这座城徽石雕的诞生,和它日渐广泛受到人们赞赏的事迹中,可以见到艺术实践上创造性的重要。而这种创造性,往往就是对基本艺术规律真正的掌握和运用。

"邯郸学步"

每次乘坐京汉列车,经过河北古城邯郸的时候,在月台上散步,想起这个两千多年前赵国京都的往事陈迹,那些名将、策士、侠客、美人,尤其是"燕赵慷慨悲歌之士"的故事,就仿佛出现在眼前。同时,由于是在邯郸的地面上走路的缘故,也禁不住常常想起"邯郸学步"这个可笑的典故来。

传说,古代的邯郸人是很会走路的,大概是京都大邑所在,人们很讲究姿势和风度,决不能容许任何鹅步和八字脚之类出现吧。总之,古代邯郸人走路走得美妙大有名气。于是,有些人就特地到邯郸来学样了。一个燕国寿陵地方的少年人也赶来学习,他全力去模仿邯郸人走路的样子,没有学会,自己原来走路的样子却又抛掉了,最后,简直狼狈到只好爬着回去。

这段掌故,因为对那些完全抛弃自己风格一味模仿的人讽刺得很有力量,颇为历代文人所重视。自从庄子的著作中叙述了它以后,"邯郸学步"或者"寿陵失步"这句成语,常常被许多人所引用。李白的一首《古风》中,就有这样的句子:"丑女来效颦,还家惊四邻。寿陵失初步,笑杀邯郸人……"顾炎武也说过这样的话:"效《楚辞》者必不如《楚辞》,效《七发》者必不如《七发》,盖其意中先有一人在前,既恐失之,而其笔力复不能自遂。此寿陵余子学步邯郸之说也。"(《日知录》)可知,这个典故所包含的令人警惕的意义,历代许多大师都是深为赞许的。

我常常这样想:抛弃自己的风格来模仿别人,既然在理论上和事实上都可以完全证明是一条"死胡同",为什么历代还是有许多人醉心于模仿呢?这大概是由于,初学者往往从"模仿"开始,少年人的模仿,成人是不宜加以责难的。但是一个人学习达到一定水平,或者说,到了应该长成的阶段之后,如果不能推陈出新,不能发扬自己的风格,也就谈不上什么创造了。"模仿"比起"创造"来不知道要容易多少倍,唯其容易,所以贪图方便的人就往往钻进这条死胡同去了。

模仿之所以必然糟糕,我想有许许多多方面的原因存在。一来,艺术是反映生活的,生活变动不居,艺术表现形式也就应该不断地随着发展,一个僵硬了的壳(不管它昨天还是怎样美好),总不能和新鲜的内容完全适应。二来,艺术应当给人强烈的新鲜感,离开了"个性"、"独特风格"一类东西,这种新鲜味儿就要大大地打个折扣。而模仿,却正是把"个性"、"独特风格"这一类东西阉割掉的。三来,艺术学习应该注意广泛的继承,艺术家得像海洋那样地善于容纳"百川",即使是着重学习"一家"吧,也应该涉猎"诸家"(因为任何精采的"一家",都是在批判地继承诸家的基础上发挥了创造性而形成的。"诸家"在技艺上仍然是它的源流,生活则是那一切内容的本源)。但是光会模仿的人,却只知有"一家",而不知道有和这"一家"密切关系的"诸家"。这就使得学习的范围大大地狭隘了。四来,"取法于上,仅得其中;取法于中,仅得其下"。模仿总是不能达到十全十美的,所以顾炎武才说"效《楚辞》者必不如《楚辞》"。就是学到维妙维肖,也并不怎样可贵(优秀的临摹之作不就是这样的作品么),何况这一个境界也难以达到呢?……仅仅上面谈的这些,就足见何以模仿之作一般在艺术水平上是比较低下，甚至不成样子，"邯郸学步"一语，何以引起历代优秀的艺术家们那样多的警惕了。

　　差不多任何艺术部门中有相当成就的人，在他们的经验谈中都讲到广泛师承与独特创造的可贵。齐白石有两句话说得很有风趣："学我者生，似我者死。"实际上表现的也正是这个道理。

　　"取法于上，仅得其中。"那么怎样才能超越这个"上"呢？我想应该是"取法众上"，取法众上的结果，就可能超越某一个别的"上"。这正是何以一代代的学生，从整体来说，到头来终于能够超过一代代的老师的关键所在。怪不得那种酿取百花成蜜、"蜜成花不见"的蜜蜂，多少世代以来，受到思想家、艺术家们那么多寓意深长的赞美。

独 创 一 格

有一些关于书法家的故事,很能够说明艺术上发挥独创性的重要,和应该通过怎样的道路来发挥独创性。

第一个是关于"扬州八怪"之一的郑板桥的。郑板桥诗、书、画当时被人称为"三绝"。他以画兰竹的方法渗入书法中,独创一格,被人称为"板桥体"。郑板桥学习任何东西,都在继承优秀传统的基础上融汇贯通,发扬创造性。例如他学画,广泛地吸取诸家之长,对前辈卓越画家崇拜得不得了,以至于刻图章自称为"青藤门下走狗"(明代画家徐渭,号青藤),但绘画却决不一味仿摹前人。"板桥体"的创造,据说有这样一个故事:他立下"熔铸古今"的大愿,临写各家书法,甚至晚上登床时,也用手画被练字,有一次画到他妻子身上,他妻子骂道:"人有人一体,你体还你体,你这是干什么的?"板桥听了,猛然醒悟,觉得应该有所创造,于是发展了他的崭新书法。(这故事另一说出自王羲之。)

第二个故事,是关于乾隆嘉庆时代北京的书法家翁方纲和刘石庵的。翁方纲一生研究书法,海内碑帖很多都经过他的题跋。他讲究"笔笔有来历",最佩服唐朝虞世南、欧阳询的书法,因此写起楷书来,处处以虞、欧做典范。刘石庵的作风却不同,他广泛地师承各家,然后发展个性,创造了一种丰腴厚重的书体。翁方纲有一个女婿是刘石庵的学生。有一次这个女婿问起岳父对自己老师书法的评价。翁方纲说："问你师傅哪一笔是古人？"这个女婿不很明白这话揶揄的意味，真的去问老师。刘石庵终于这样回答道："我自己发扬我自己的书法罢了，问你岳翁哪一笔是自己？"

"哪一笔是古人？""哪一笔是自己？"这针锋相对的问答，说明了两个人的艺术见解。一个是只谈继承不谈创造的，一个是要在继承的基础上有所创造的。

后人对于刘石庵书法的评价在翁方纲之上。可见，真正有所创造的艺术家才能够出类拔萃。

郑板桥、刘石庵写字的故事，很好地揭示了在艺术工作上发扬独创性的重要。而要做到这一步，就必须广泛地学习，在批判地继承的基础上，融汇贯通，大胆独创。

一切对亦步亦趋、处处模仿那种行为的批评并不是用来批评小孩子和初学者的。任何人起初都必须经过这么一个阶段。那一类说法是用来批评把模仿当做永远的方向的成年人的，是用来批评那些已经学习了很多却"不敢越雷池一步"、在艺术手法上陈陈相因的人们的。

这一类批评在中外艺术史上多极了。李白说："张颠老死不足数，我师此义不师古。"顾亭林说："效《楚辞》者必不如《楚辞》，效《七发》者必不如《七发》。"以至于巴尔扎克说的："第一个形容女人像花的人是聪明人，第二个再这样形容的是傻子。"……我想，都是这一类意思。

读一切伟大艺术家的传记，有一点共同印象是很强烈的。这就是：他们几乎都是在广泛学习的基础上进行独特的创造。唯其有独创性，他们的具有一定思想性的艺术作品总是给人一种新鲜感。而清新潇洒、不落窠臼，正是优秀的艺术作品所必具的特征之一。

我常常这样想:为什么艺术独创性是无穷无尽的呢？为什么优秀的艺术创作,不管表现的是多么寻常的题材,却总是令人有那么强烈的新鲜感呢？最后想到了这么一点道理——中外古今可以学习的艺术方法,是十分广泛的;每一种事物,除了一般性之外都有特殊性;每一个艺术家,又都有各自的素养和个性;历史的发展,又是变动不停的:把这一切因素高度配合起来,创造性怎么能够是有止境的呢!

　　一个棋盘上的几十粒棋子,摆来摆去尚且可以出现变幻无穷的棋局,何况这么丰富的世界事物,这么丰富的艺术宝藏,这么丰富的人的个性!这一切互相配合起来,出现的花样不是应该使任何数学家都穷于计算的吗!

变　形

潮州的木雕是很著名的。常常在一幅雕屏上，出现了众多的人物、水族、花果、禽鸟、亭台、楼阁。旧时代，有些巧匠往往以数年之力才为豪门贵族刻成一个神龛。它们的精巧处令人惊叹。因此，潮州木雕和浙江的黄杨木雕，福建的竹雕漆雕，北京、广州的牙雕等同样成为我国民间雕刻艺术中的精品。

把那些古老的精美的潮州木雕拿来鉴赏一下，我们会发现一件有趣的事。那些身高不够一寸的戏曲人物个个灵活异常，看来真是玲珑剔透，但是，凑近一看，他们却个个都是高削鼻子，在这一点上，竟有点像欧洲人。但这并不碍事，保持一定距离来看，这样的鼻子却格外使人物脸孔显得生动了，因此，仍然是十足的民族风味。相反，有一些把人物的鼻子都自然主义地表现出来的木雕，人物脸孔给人的玲珑清晰之感倒反而削弱了。古代木雕巧匠在长期的艺术实践中掌握了变形的规律（这些以戏曲人物为内容的雕屏不少都有一两百年的历史），把人物鼻子雕得较高削一些，就更能够传神，相反的，人物脸孔上如果都长着扁平的鼻子，艺术效果反而没有那么好了。

敦煌的古代雕塑壁画，也不乏这种变形的例子。那里面，讲经的佛常常被表现得很肥硕，而旁侍的沙弥却很矮小；"布施人"的形象很高大，女侍的形象却很纤弱。它们简直完全不合于实际人体的比例，但是它们的确把主要想表达的事物烘托出来了。自然这是贯串了那个时代统治者们的阶级观点的。但是，作为艺术手法而论，它们的创作者也掌握了变形的规律。这种规律既可以为这一阶级的艺术家所运用，也可以为另一阶级的艺术家所运用。

在我们习见的艺术品中，体现这种变形的道理，最突出者无过于石膏人像。在石膏雕塑中，一般人物的眼睛都是雕陷下去的，唯其这样，保持一定距离看起来，那些眼睛却反而显得灵活。相反的，如果如实地把眼睛雕成圆球体，在欣赏者看来，那个石膏人物却仿佛是瞎掉眼睛了。

变形，是艺术创造的手段之一。所以需要这样，不仅是为了突出某一事物，不仅是因为艺术的真实并不完全等同于自然状态的真实；而且也由于：艺术要求浓缩集中，既然浓缩集中了，就自然在某些方面产生一些变形，这也就是画家们所说的"树无一寸直"的道理。

这种变形的道理，我们在自然现象中，在社会现象中，也常常可以体察到。

例如：随着温度的不同，水，以至于其他的各种物质，可以表现为固体、液体、气体三态。一杯干净的水是透明的，但是水积得很深的海洋，却表现出蓝色以至黑色。一块冰是透明的，但是冰层积得很厚的冰川，却可以随着日光照射强度和角度的不同，表现出各种各样的颜色。

在生活中我们也常常可以见到这一类事情：有些人在非常愤怒的情形下，反而狂笑；有些人在高度欢乐的境况中，反而泣下。

在语言中也有这种例子，当要表现"极端"、"顶点"的时候，语言就出现奇迹了，"甜得要死"、"好得要命"这些语言，正是在这些情形下产生的。在某种场合，"不合逻辑"的语言有时还比合于逻辑的语言更有力量。例如:"衰佬""死鬼"这些词儿,本来是骂人的,但是在某一类男女打情骂俏的时候,它们也尽可以成为热烈的爱称。在高尔基的《回忆托尔斯泰》一书中,高尔基对那位老文豪的聪明睿智十分倾倒,以至于一下子把他形容为"上帝",一下子又把他形容为"魔鬼"。这都是语言在描述极致的事物时出现的变化。

为了要表现"极致"的事物,变形这一种艺术手段经常用得上。戏曲艺术家们最明白这个道理了,因此,甩水发、跌坐、卧地翻滚、变脸这一类的表演,我们经常可以从各地的戏曲舞台上见到。在红氍毹上,豪管哀弦之中,要演出的是许多热耳酸心、悲欢离合的故事,他们要再现许许多多"极致"的事物,在传统上不能不创造许多独特的演出程式。如果有人根据现实生活中的普通事象提出这样的责难:"人们在生活中难道是这样的吗?"只能够算是一句令人哑然失笑的蠢话。

在文学作品中,这样的例子也多极了。许多人都以月缺花飞来陪衬悲伤的心境,但是也有人独特地以团圞的明月来反映这种心境。古代诗人的"故国山河碎,今宵月忍圆",就是一个例子。鲁迅的《秋夜》一文,有这样的句子:"在我的后园,可以看见墙外有两株树,一株是枣树,还有一株也是枣树。"这种反常的笔法,竟奇特地把人带进一个萧疏落寞的秋夜境界中去了。文笔尚且可以如此的一反常规,更不待说在人物、情节诸方面,必要的时候应该容许变形了。

从现实中来,手脚却不为自然主义的绳索所束缚,敢于采取艺术的各种独特的手法去反映生活,才能够概括、集中地表现生活。重要的是要获得创作的那个思想效果和艺术效果。和这个效果互相统一的一切手段,任何时候总是值得重视的。

酷　肖

一则西方的轶话,讲古代有一个聪明的国王,当邻国送来一朵真花和一朵制造得巧夺天工的假花,请他辨别真伪的时候,由于那朵假花做得太精巧了,他在不动手去抚摸的情形下,始终无法分辨。最后,他只好打开了窗子,让蜜蜂飞进来,才算把真花辨认出来了。

这个小故事我想不是无稽的,因为世间的确有许多"功参造化""鬼斧神工"的巧匠。中国的手工艺品数量以千千万万计,里面有好些也是达到这种"乱真"的水平的。

就我所看到的,试举几个小例子来谈谈。

广东的枫溪是一个出产瓷器的著名地区。近年来这里烧制了不少卓越的雕塑瓷像。例如流行到国内外各地的《十五贯》《秋香送茶》之类的瓷像就是。该地还能够烧制一种"盆栽菊花",从花盆、泥土、菊株到花叶都是瓷的,由于花瓣和枝叶的釉色都和真菊酷肖,样子的大小也完全一样,整盆花摆在几案上,如果不用手去触摸,谁也不会知道那是假的。这一类的"瓷塑盆栽"现在只销国外,因为运输不便,国内其他城市见到的还不多。有一次我在该地的工艺品陈列室中见到,明明知道那是假的,却仍然无法分辨,不禁叹为观止。听说,有一次送到一个地方展览,陈列在户外,居然骗过了一位花匠的眼睛,使他用洒水壶在上面淋起水来了。

像这一类的例子,要举是有许多可以举的。例如宜兴,除了出产紫砂陶器之外,也烧制了不少的小摆设,我在百货公司看到过一种陶制花生,那模样,那色泽,和真的一样,无法分辨。只有把它拿起来,感到它的重量,才知道那是假花生。但是一放到桌面上,它立刻又像是真花生了。北京有好多种工艺美术品也都达到了"乱真"的程度。例如"葡萄常"一家所制的摆设葡萄,还有许多畅销全国的蜡果,可以说看来和真的完全一模一样。

看到这么一些东西,我深深感到:西方的那则古代轶话,是完全有根据的。

谈起这一些事情,自然使我们对于巨匠们"巧夺天工"的本领感到心折。但是,有一个问题也不禁随着产生。上面提到的这些"乱真之作",巧则巧矣,但是谈到中国最著名的手工艺品,似乎却不能把它们列入首席。象牙雕、杭核雕、黄杨木雕、湘绣苏绣、青田石刻、景泰蓝,以至于无锡的"大阿福"、广东石湾的陶塑……都要比上面提到的达到"乱真"程度的美术工艺品著名得多,艺术地位上也要高得多。我以为这个道理,是很值得我们深深思索的,自然主义的缺点,部分地包含在这个道理当中。

我们试想:这些模仿实物的工艺品,无论它怎样登峰造极,也不过是实物外形的再现罢了。"取法于上,仅得其中。"它们最多只能酷肖实物,决不能超过实物。假花无论如何栩栩传神,不会有香气;假葡萄无论如何逼真,不会有美好的味道。它们在酷肖中总有一点要比实物逊色,不能够在美感上超越过实物。

这一类的工艺品,它们甚至常常不能体现最精彩的实物。例如最珍贵稀罕的菊花品种,最硕大无朋的名贵葡萄,都不是这类工艺品的表现对象,它们只能表现一般的,常见的,这样才带给人以逼真之感。

131

最精彩的实物尚且不能表现，更不用说概括表现各种实物的特殊美好之处了。因此，它们酷肖是酷肖了，但是在美感上，却仍不免流于平凡。

我看过一个瓷塑，表现一个小孩爬在猪背上刷洗肥猪。如果把那小孩和猪分开，两者都是平凡的，但是把两者以这个方式结合起来，却给人一种奇特的美感，它使我们格外感到小孩的勤劳活泼和猪的肥硕异常。"艺术应该比现实站得更高"，从这么一件简单的瓷塑中也充分说明了这个道理。

因此，虽然有了摄影，我们仍然喜欢绘画。虽然有了现实感异常强烈的话剧，我们仍然爱看歌剧。大自然的鸟声虽然十分好听，我们仍然更加爱听大自然原来所无而是人工创造出来的音乐。而且就是摄影、话剧吧，我们也不爱看那平凡无奇的，而爱看概括性巨大的、具有典型意义的、艺术手法卓越的。就是大自然的鸟声吧，我们也不太喜欢听一般的鸟声，而喜欢听出色的鸣禽，例如云雀或者画眉的……

这些道理，不也很可以说明"自然主义"的失败吗？

要本于现实而又要高于现实，要"入乎其中"而又要"出乎其外"。齐白石就说过这样的话："作画妙在似与不似之间，太似为媚俗，不似为欺世。"

在艺术的道路上，"自然主义"这个泥淖曾经坑害了不少的行人。认识自然主义的局限性和缺点，我以为是十分重要的。从"乱真"的工艺品之毕竟不能自拔于平凡，我以为可以给我们相当的警惕。

巧匠和竹

中国是全世界出产竹子数量和种类最多的国家。中国的竹器工艺美术的精巧可以说冠于全球。谈竹的专书，例如《竹谱》之类，在中国就不知道出版了多少种。

在竹子出产得多的地方，譬如说广东吧，真像是苏东坡所形容的："食者竹笋，庇者竹瓦，载者竹筏，爨者竹薪，衣者竹皮，书者竹纸，履者竹鞋，真可谓不可一日无此君也耶！"在盛产竹子的地方，衣食住行都和竹发生密切的关系。吃竹笋，盖竹屋，用竹子做独轮车，用竹子制千百种家具等等不去说它了，甚至有真正用竹枝串成衫子，做夏天的凉衫的。

在可以称为"竹的家乡"的大江南北各地，这些事情多得很，现在不去谈它了，这儿想来谈谈竹器工艺美术品。

用竹编织的篮子、席子，用竹做的笔筒、盆子，各地都有。但是，在竹子出产得最多、竹器工艺美术传统最深厚的地方，例如说四川、福建、湖南、浙江、广东等地方吧，竹器工艺品却自有它们的不同流俗的卓特的地方。

由于现在交通方便了，工艺美术品销售量大大增加了，我们从一些展览或者销售竹器工艺品的地方，可以见到全国各地出色的产品，因而，可以对它们进行比较了。

在上面提到的一些竹产丰富、竹器工艺传统深厚的地方,人们几乎在选择竹料、制作种类、加工技巧等一切方面,都有出奇制胜、清新独创之处。

譬如说用料吧,一般地方只是用竹子罢了,但是在四川、江西的一些地方,居然用竹根也可以制成精巧的盒子。一般地方只是用那些圆圆的整齐的竹子罢了,但是在湖南,却居然常常选择一些奇形怪状的变形竹子制成笔筒,显得更有古拙风趣。

譬如说制作的种类吧,除了席子、篮子、盒子、笔筒一类的东西外,上面提到的那些地方,居然还有把竹子制成八角盒、花瓶、日历牌以至于水烟筒的;而且居然还有把竹子和金属配合起来使用,以金属为里,以竹为皮,活像景泰蓝那样的。

譬如说在编织技巧上吧,一般的地方编织竹器篮子之类,都是讲究整齐的,总是把小篾条编织得严严密密的;但是在浙江和福建等地,编织工艺除了篾条异常细巧、编织异常整齐的那一种之外,还有一些,却是篾条很粗,编织得像龙飞凤舞似的,有些篾条不是平贴着,而是翻转着,简直像是镶嵌上去一样。这种编织技术,给人以"浪漫主义手法""鬼斧神工"的印象。它们是洒脱的、灵活的,但是仍然是整齐的。它们在严谨的基础上达到了出神入化的地步。

每逢看到这一类工艺品,我都禁不住暗暗叹赏。熟能生巧,这些巧匠充分给我们作出范例来了。

他们在极纯熟的功夫基础上推陈出新,不拘一格。世人认为无用之材,办不到的事,不适宜搞的花样,他们都采用了,办到了,搞出来了。而且妙手回春,件件东西一到他们的手里,都成为精品。这不禁使人想起法国雕刻家罗丹的一句话:"雕刻是怎样的呢?你拿起斧头来,大刀阔斧,把不要的东西统统砍去就是了。"

我们可以看到:这种卓越的工艺技巧,是在娴习一般本领的基础上逐步发展起来的。没有"熟",就没有"巧"。掌握了"巧",就不害怕通常视为困难的事物了。而且,看来巧匠们洒脱随便,并不遵守什么法度,其实,他们还是严守一定的规矩绳墨的,只是在一个巨大的范围内,加以变化罢了。就正像火车循着轨道矫似游龙地奔驰一样。

从熟到巧之后,巧匠们不但不回避通常视为困难的课题,有时甚至专门找这些课题来表现了。其他各种行业中都有这种情形。像杂技,在高空钢丝上装作要跌下来而并没有真跌下来、使得观众惊叹的表演,总是出自那些在走钢丝上有特别本领的人物。敢于画菜叶为虫所蛀的蔬菜,而仍不失其美的,总是那些有卓越修养的画师。

竹器工艺的巧匠们给我们以这样的艺术联想:"巧"是在"熟"的基础上,在总结前人经验的基础上成长起来的;巧的极致有时可以表现为精致,也可以表现为朴拙与粗犷。巧手总是不回避矛盾和困难的,巧手又总是在看似变化万千的创造之中严守一定的绳墨的。

在词汇的海洋中

我国的《辞海》最近进行了修订,六十年代的试行本已经出版了。新的《辞海》搜集了九万多个词目,有一千二百万字,印成了十六个分册,共重十五斤。今后当然还要继续增加。

《辞海》,这个词儿真妙。可不是!每一个词儿如果像一颗水滴,那么,人们在使用着的词汇,着实就像一片汪洋大海一样。

听说,捷克斯洛伐克出版了一本捷华词典,就搜集了八万个词;阿尔巴尼亚出版的一部辞书,也搜集了六万个词。各个国家,无论它人口怎样多或者怎样少,他们要是出版辞书的话,都非得是大块头的一本不可。

然而这类书中搜集的词汇,比较起人们真正在使用着的词汇来,又不过像是一个小湖泊之于海洋罢了。这些辞书里面,有许多的地名、人名、社会科学、自然科学的词儿,然而对于无比丰富的口语、状物传神的许许多多的词儿,它们却是没法完全搜集的。如果世界上真有一部书能够容纳下全部词汇,那么这部书的重量,就恐怕不是以斤来计算,而应该以吨来计算了。

我们使用的字并不多,像那部号称丰富的《康熙字典》所搜集的,也不过五万个字以内罢了。这些字里面,还有好些已经死去。我们现在通常运用的字,不过五六千个而已。然而这五六千字互相配合出现的各种词儿,可就纷繁丰富了。只要想一想一副七巧板,七块木板,拼来拼去,可以构成难以数计的图案;世界上已经发现的一百零三种元素,化合来化合去,就可以构成一个大千世界,那么这几千个字互相配合,所能够组成的词儿该是多么丰富哪!这些词儿再互相配合,所能够构成的短句、谚语、俚语、成语……又该有多少哪。我常常想:在语言的大街上,我们都应该觉得自己贫困一如乞丐才好。一个裁缝所能够说出的衣服各个部分的名称,一个外科医生所能够说出的人脸上的各个部位的名称,一定比我们一般从事文学工作的人还要丰富得多。每一个人在这个语言的海洋中,自然只能够"取一瓢饮",但是,我们总得使自己有一个较大的瓢来舀水才好。高尔基说:"托尔斯泰倘使是一尾鱼的话,他一定只是在大洋里面游泳,绝不会游进内海,更不会游到淡水河里。"不仅是生活的海洋,语言的海洋也是辽阔无边的。我们从事文学的,都得像一尾游在大洋中的鱼才好。

　　高尔基又说过这样的话:"文学的第一个要素是语言。语言是文学的主要工具,它与各种事实、生活现象结合在一起,构成了文学的材料。民间有一个最聪明的谜语确定了语言的意义,谜语说:'不是蜜,但是它可以粘住一切。'因此可以肯定说:世界上没有一件东西是没有名称的。语言是一切事物和思想的衣裳。""语言是文学的主要工具"这句话,值得我们深深记取。词汇并不就完全等于语言,但是它是语言的材料。一个人如果不是像一块海绵吸水似的,积蓄起大量的词汇,他的语言,又怎么能够生动和丰富起来呢!

　　一幅"微粒显影"的照片,所以清晰好看,原因之一,是由于在每一平方厘米里面,它所能够容纳的浓淡深浅的"微粒"的数量,比其他普通的照片要丰富得多。一幅精妙的彩画或者刺绣,它的颜色所以那么逼真,原因之一,也是由于画家或者刺绣者的颜料和丝线的色彩是异常纷繁的,这些颜料或者丝线,仅仅是一项红,从浅到深,可以分成十几种色泽。文学的道理也是这样,要描绘出能够给人以立体感而不是平面感的事物,手段中有一项是必须依靠丰富的词汇,如果不能把事物的细微不同处描绘出来,就不可能有栩栩传神的魅力。福楼拜的描写格言是:"世上没有两粒相同的砂子,没有两只相同的苍蝇,没有两双相同的手掌,没有两个相同的鼻子"。这话是说得很到家的。"看他一眼""瞟他一眼""盯他一眼""瞪他一眼""瞄他一眼""注视他一眼""斜视他一眼"……同样是看,意思就不相同。各种东西的单位称谓,也有千般差别:一个人、一头牛、一匹马、一峰骆驼、一尾鱼、一艘船、一架飞机、一台拖拉机、一阕音乐、一出戏、一口井、一眼泉、一泓清水、一服药、一根针、一泡尿、一绺头发、一朵花、一团乌云、一抹斜阳……真个是"不胜枚举"。由于词汇是这样的多,要运用它们曲折尽意,不仅要靠大量积累,在脑子里建立一个丰富的仓库,而且对这个仓库里面的珍藏不能够搁置不理,要培养对于词汇性能高度的敏感,要能够精确地掌握它们的涵义。画家对于颜色、音乐家对于音阶,都是有高度敏感的;从事文学的人怎能够对于文字、词汇的性能,没有高度的敏感呢?

而且,即使这些都做到了,还不能说在写作时就一定十分得心应手。几乎所有的文学家,都谈到把复杂的事物描述出来,把丰富的思想搬到纸上,是一件相当吃力的事。要使文字精确、简炼,生动、活泼,不仅在描写事物方面,而且在音响、色彩等方面都有艺术魅力,就得在执笔的时候不惜花费一番工夫。莫泊桑描述福楼拜创作时的状况道:"低着头,脸上额上都是汗水,就像竞技场中的竞技者一样,身上的肌肉都为之突出。"托尔斯泰说:"一个人只有在他每次蘸墨水时都在墨水瓶里留下自己的血肉,才应该进行写作。"马雅可夫斯基为了要描绘一个孤独的男子怎样保护和疼爱他的爱人,一连苦思几天,午夜在朦胧中想到一句形容语就跳下床来写在烟盒上……。我国的"推敲"、"一字师"之类的故事,更是人们所熟知的了。这些作家们写作时煞费苦心,当然在相当大的程度上是为了构思内容,但绞尽脑汁找寻出最适当的字眼,以期在意义上"一箭命中靶心",难道不同样是一部分的原因吗?

汉语不仅是世界上十三种最通行的语言中的一种,而且是世界上天天使用者人数最多的一种语言。我们使用这么一种神通广大、精确丰富的语言,可以说是一种幸福。远在二千多年前,当汉字还不过是几千个的时候,我们的先人就已经创作出了曲折达意、栩栩传神、优美丰富、生动活泼的文学了。经过历史发展,今天我们的汉语更是一种灵敏度极大、表情达意效果十分卓越的"工具"。一些方言区域的朋友(自然也包括粤语区域),常常谈到这些区域的人们,写作时由于要把方言译成普通话,因而"吃亏"的问题,我不完全同意这样的说法。自然,这里面存在一些困难是事实,但决不是很难克服的。因为我们每个人从小到大都在阅读以民族统一语写成的作品,具有一定文化程度的人都普遍能够掌握民族统一语的词汇。不用方言写作,少去了一部分方言词汇(有一部分大家一看就明白的仍然值得运用,而且这还会丰富民族统一语,并且增添了作品的地方特色),但是采用民族统一语写作,却又增加了许多平时讲方言时没有运用的词汇。江浙区域的语言和普通话也是存在着很大距离的,但是那里长期以来却涌现了那么多优秀的作家,这事情当中不就藏着一个答案吗!

文学的功能,人们可以开列出一大串:进行政治思想教育啦,表现生活啦,传播知识啦,给予人以艺术美感啦,等等。但是人们往往会漏掉另外一项,这就是在精确描绘事物上起示范的作用,给予群众以语文技巧的教育。要使文学的各种功能都得到充分的发挥,作家除了具备其他条件外,非熟习语言、掌握丰富词汇不可。文学工作者,当仁不让,我想:应该也是在词汇的海洋中,不愧为牛饮之徒才好。

民族语言的热爱

解放初期,当建国还不满两周年的时候,《人民日报》在一九五一年六月六日就发表了题为《正确地使用祖国的语言,为语言的纯洁和健康而斗争!》的社论。这篇社论里面有一段话是这样的:

我们的语言经历过多少千年的演变和考验,一般地说来,是丰富的,精炼的。我国历史上的文化和思想界的领导人物一贯地重视语言的选择和使用,并且产生过许多善于使用语言的巨匠如散文家孟子、庄子、荀子、司马迁、韩愈等,诗人屈原、李白、杜甫、白居易、关汉卿、王实甫等,小说家《水浒》作者施耐庵、《三国演义》作者罗贯中、《西游记》作者吴承恩、《儒林外史》作者吴敬梓、《红楼梦》作者曹雪芹等。他们的著作是保存我国历代语言(严格地说,是汉语)的宝库,特别是白话小说,现在仍旧在人民群众中保持着深刻的影响。我国现代语言保存了我国语言所固有的优点,又从国外吸收了必要的新的语汇成份和语法成份。因此我国现代语言是比古代语言更为严密,更富于表现力了。毛泽东同志和鲁迅先生,是采用这种活泼、丰富、优美的语言的模范。在他们的著作中,表现了我国现代语的最熟练和最精确的用法,并给了我们在语言方面许多重要的指示。我们应当努力学习毛泽东同志和鲁迅先生,继续发扬我国语言的光辉传统。

这一段话我想是值得我们经常温习的。热爱我们这种活泼、丰富、优美的语言,继续发扬我国语言的光辉传统,——这对一切人来说都是合适的;而对于语言艺术工作者(不管是用口来进行这种艺术创造的说书人、演员、广播员,还是用笔来进行这种艺术创造的作家),就尤其重要。一个对于丰富多彩的民族语言没有深厚感情,对于词汇精确细微的含义没有充分体会,对于语言的音节和韵味,和对于一切精彩的传统格言、民间谚语、双关语、歇后语之类的东西没有强烈兴趣的人,我想恐怕不可能是一个优秀的语言艺术家吧。优秀的语言艺术家,总是像海绵吸水似的,去吸取大量富有生命力的词语;总是像一座喷泉喷出水柱似的,擅于说出优美动听的语言;总是像卓越的射手似的,要使他的语言的箭精确地射中"意义的靶心";总是像一具精密的天平似的,能够称出各个意义仿佛相似的词儿细微的区分……

要做到这一点,我想,语言艺术工作者,首先应该比一般人对于民族语言具有更加深厚的感情。

许许多多国度的文学史上,优秀作家常常也就是各个世代人民语言的最卓越的记录者。在他们的作品中保存着最大量的词汇,俄国的普希金、托尔斯泰是这样;英国的莎士比亚、密尔顿也是这样;再看现代的作家,又何尝不是如此呢!

因此,无数作家在他们的文学论中总要大谈特谈语言。鲁迅先生写完作品之后,深夜忘我地在书房里高声朗诵,以至有时使人误会他是在和友人作长夜之谈。屠格涅夫一听到人家说他的小说是用德文或法文写成、然后转译成俄文的,就勃然大怒,他写下了这样充满愤慨的话:"我一生从没有不用俄文发表过一行文字,不然的话,我就不是艺术家,直截了当的是一个败类。怎么可能用外国文字写作,当用本国文字还只能勉强应付形象、思想……"

鲁迅朗诵着作品的时候那样走进了忘我的境界,屠格涅夫对于民族语言怀着那样深厚的感情,这一类事迹,都很值得我们思索。

譬喻之花

文学被人称为"语言的艺术",文学作品里面的譬喻,我想简直可以叫做"语言艺术中的艺术"。

如果在文学作品中完全停止采用譬喻,文学必将大大失去光彩。假使把一只雄孔雀的尾羽拔去一半,还像个什么样子呢,虽然它仍旧可以被人叫做孔雀。

精警的譬喻真是美妙!它一出现,往往使人精神为之一振。它具有一种奇特的力量,可以使事物突然清晰起来,复杂的道理突然简洁明了起来,而且形象生动,耐人寻味。美妙的譬喻简直像是一朵朵色彩瑰丽的花,照耀着文学。它又像是童话中的魔棒,碰到哪儿,哪儿就产生奇特的变化。它也像是一种什么化学药剂,把它投进浊水里面,顷刻之间,一切杂质都沉淀了,水也澄清了。

中国历代卓越的思想家,没有哪个是不善于运用譬喻的。在他们的著作里面,各种的譬喻密密麻麻地出现,多得像雨后森林里的蘑菇一样。文学家更不必说了,古典小说中警辟、奇特、新鲜、隽永的譬喻搜集起来简直可以编一部词典。在说书人的话本的基础上写成的《水浒》里面,鲁提辖拳打镇关西那一段,描写郑屠被鲁达打得脸破血流、哀号呻吟的情景,形容在他身上像是"开了个油酱铺,咸的酸的辣的,一发都滚出来";"也似开了个采帛铺,红的黑的绛的,都滚将出来";"却似做了一个全堂水陆道场,磬儿钹儿铙儿一齐响"。这些譬喻都很大胆奇特,令人有痛快淋漓之感。

可以说,语言艺术家必然是擅于运用譬喻的。譬喻还往往形成了文学作品中的警语,增加了幽默和风趣,并且使思想显得更有深度了。鲁迅先生就异常善于运用风格独特的譬喻。在《高老夫子》这篇小说中,他描写向女学生讲课时战战兢兢的高老夫子所看到的课室的情景:

> 半屋子都是眼睛,还有许多小巧的等边三角形,三角形中都生着两个鼻孔,这些连成一气,宛然是流动而深邃的海,闪烁地汪洋地正冲着他的眼光……

像这一类笔力独到的譬喻,在鲁迅先生的小说和杂文中是很多很多的。

美妙的譬喻往往使人一见难忘,像读到格言一样。高尔基形容美国资本家的贪婪,说他们"好像有三个胃袋和一百五十枚牙齿";萧伯纳形容资本主义世界法律的虚伪,说"像蛛网一样,小虫给粘住了,飞鸟却一冲而过";这些都使人从幽默中深深地感到譬喻者那种深沉的愤慨。

群众是热爱卓越的譬喻的。而且群众中间就有无数善于运用譬喻的天才人物。我们从谚语、口头禅,以及许多事物的诨名中都可以领略到这一类譬喻的神采。有些地方的高山给人命名为"马苦岭"、"猴子愁"、"好汉坡"。在旧时代,印子钱的别名是"雷公轰"、"双脚跳";现在,有些地方农民形容富裕,说"母猪也可以戴耳环"。河北有一种好吃的梨叫做"佛见喜",山东有一种上等苹果叫做"金元帅",广西有人把酸溜溜的番茄叫做"毛秀才",广东有一种大型的番薯名称是"掷死狗"……从这种种东西的绰号别名当中,令人震惊于譬喻运用范围之广,并深深折服于群众在语言运用上天才的创造。

譬喻,和所有一切艺术创作一样,也贵于有创造性。陈陈相因的譬喻,人们读到的时候缺乏新鲜感(神经已经被刺激得疲倦了),因而也往往损害了撼人的力量。一个外国古典作家说的:"第一个形容女人像花的人是聪明人,第二个再这样形容的是傻子。"我想正是这个意思。谈到时代就说"时代的车轮",谈到月亮就说"像银盘一样",谈到黑就说像墨,谈到白就说像雪……这是谁都会的,唯其不动脑筋就可以依样画葫芦地写出这样的譬喻来,这些语言也往往没有什么新鲜的艺术力量。

有不少作家高度警惕到这一点,所以在运用譬喻时决不马虎,努力使作品中充满了神来之笔。在契诃夫的写作素材记录本子中(即后来由他的妻子整理出版的《契诃夫手记》),除了记录一些素材、感想之外,还写下了许多他突然想到的美妙的譬喻,以便写作的时候在适当的场合随手引用。今天我们读到这些譬喻,像是从书本里面翻到一朵朵玫瑰似的,仍然可以想见它们长在花丛时妍丽的风采。

这里试引录《契诃夫手记》中的几则譬喻以见一斑:

> 这些脸色通红的妇人和老太太们,健康得几乎会冒出热气来。
>
> 一个在文坛上混了很久的无能的作家,他那副庄严的神气,看去简直像个得道的高僧。
>
> 人生,看来虽是广大无比的,但是人们仍然会在五个哥比克上面安坐。
>
> 这一带的土壤好极了,你种下一根车杠试试,过上一年的话,就能长出马车来。
>
> 有一位小姐,她的笑声,简直是像把她的全身浸在冷水中而发出来的一般。

她脸上的皮肤不够用,睁眼的时候必须把嘴闭上;张嘴的时候必须把眼闭上。

……………

叠句的魅力

精采的叠句,常常有一种奇特的魅力。我觉得那简直和诗一样,可以称做"语言艺术的尖端"。

在要表达深刻的思想、复杂的事物、沸腾的感情时,在作品中"骨节眼"的地方,适当运用叠句,常常能给人一种"百转千回,绕梁三日"那样的感受。

你看过檐前的水不断地滴着滴着,终于使地面出现了一处凹陷的情形吗?你看过刀剑在磨石上不断地磨擦,终于"刮垢磨光"、锋芒四射的景象吗?美妙的叠句,就令人想起了这类情景。

我们在看到好看的东西的时候,喜欢从前后左右各个角度来看它;我们在吃到好吃的珍贵东西的时候,常常舍不得一口咽下去,而喜欢咀嚼寻味。艺术家们是深深懂得这个道理的,因此,在"骨节眼"的地方上,他们总是要格外细腻地来表现它,决不让它"一闪而过"。叠句就是达到细腻的重要表现方法之一。

在优秀的文学作品里面,精彩的叠句是太多了。这里我想举出两个人——关汉卿和莎士比亚的作品来做例子。可以说,他们各各是东方和西方古典戏剧创作杰出的代表人物。文学本来就是语言艺术,而戏剧,尤其注意人物语言。因此,这些戏剧大师对于运用叠句的本领,就格外的登峰造极了。

关汉卿有一些小令散曲,几乎全首都是用叠句组成的(剧本唱词中叠句也很多)。请看他的《黄钟煞》和《尾声》:

> 我却是蒸不烂、煮不熟、捶不扁、炒不爆响当当一粒铜豌豆,恁子弟谁教钻入他锄不断、斫不下、解不开、顿不脱、慢腾腾千层锦套头。我玩的是梁园月,饮的是东京酒,赏的是洛阳花,扳的是章台柳。我也曾吟诗,会篆籀,会弹丝,会品竹;我也曾唱鹧鸪,舞垂手;会打围,会蹴鞠,会围棋,会双陆。你便是落了我牙,歪了我口,瘸了我腿,折了我手,天与我这几般儿歹症候,尚兀自不肯休!

> 只除是阎王亲令唤,神鬼自来勾,三魂归地府,七魄丧冥幽,那其间,才不向烟花路儿上走!

请看,这样的叠句具有多么巨大的艺术魅力!我们仿佛跟着作者走螺旋梯似的,走上一个奇异的境界了。大师们的艺术手法,常常是"心有灵犀一点通"的:请看看莎士比亚的一段诅咒黄金的话,和关汉卿运用叠句的本领是多么相似:

> 黄金呀,闪烁的宝贵的黄金,有了你,黑的会变白,丑的会变美,错的会变对,贱的会变贵,老的会变幼,怯弱的会变勇敢!神呀,这是什么?为什么他可以引走他身边的牧师和仆人,抽去莽汉头下的枕头?这黄金色的奴才,会弥缝宗教,打破宗教,会向奸徒祝福,把癞子变成雅士,使强盗受到册封,受人跪拜,受人颂扬,叫他和元老院议员同席,可以使哀哭绝望的寡妇再嫁,这个被诅咒的东西,这个人类共同的娼妇!

这一整段的叠句,把资本主义世界的丑态淋漓尽致地刻划下来了。它又像是一把钻子一样,不断地钻着钻着,一直钻到核心去了。

在现代文学中,这种笔法是被许多"熟知此中三昧"的人继承下来了。我们在优秀的作品中时常可以看到这一类的句子。有一位诗人颂扬劳动的神圣,这样写道:"尽管人间的字眼纷繁无比,有的闪光,有的灼热,有的燃烧,像黄金,像纯钢,像宝石;但是,最神圣的还是'劳动'这个词!"在我国各族人民颂扬革命事业的诗歌中,这样的句法也是不少的,例如有一首白族的歌,这样写道:"苍山呵,有多高?看得见的高。洱海呵,有多深?量得出的深。蜂蜜呵,有多甜?舌头尝得出的甜。共产党给白族的恩情呵,苍山没有它高,洱海没有它深,蜂蜜没有它甜!"

反复取譬,盘旋而上,是这些叠句共同的特色。叠句的艺术力量值得重视;要不然,从古到今,从中到外,就不会有这么多的人不约而同地运用这种手法了。有时,真觉得它们像是一只神妙的手,能够紧紧攫住人们的心灵。

自然,胡椒、辣椒是精彩的调味品,但是,却不必因此就把辛香配料当做粮食,也不必道道菜都下胡椒、辣椒——这种题外的话,我想是毋需多说了。

车窗文学欣赏

搞文学工作的朋友,很多人都有这个体验:给作品起题目,是一件很不简单的事。仅仅为了一个题目,花去一个半个小时,是常有的事。

虽然题目一般并不能使已经写好的作品内容变好或者变坏,然而一个好题目,却常常对作品有画龙点睛之妙,激发人们阅读的兴趣。

我们只要举这么一两个小例子就够了。鲁迅回忆他童年和青少年时代生活的那组文章,陆续在《莽原》杂志上登载的时候,总题目本来叫做《旧事重提》,等到一九二七年结集出版的时候,却改成《朝花夕拾》。这一改,可精彩啦!老实说,《朝花夕拾》比《旧事重提》要好得太多了。

雨果的《悲惨世界》,翻译成中文的时候,本来叫做《可怜的人》,后来经过再三斟酌,才定为《悲惨世界》。这个名字比《可怜的人》也要好多啦,它在概括全书内容,渲染强烈气氛等方面都远胜后者。

读文学作品,固然是文学欣赏,在图书馆里、书店里、报纸新书目录上,浏览书名,从广义来说,也是一种文学欣赏。当眼光迅速掠过那些五花八门的题目的时候,我们会感到:有些题目,一下子就引起我们的注意；有些题目，却平庸单调，老得掉牙。如果我们已知道书籍内容，再来比较它们的题目的话，就可以发现：好的题目，总是概括力很大，饶有深意，引人思索，并且常常富有形象性；而平庸的题目，可就恰好相反。

因此，从一个作者给自己写的各种文章起的许多题目中，也常常（自然不是绝对）可以在若干程度上窥见那位作者的文学水平。

正因为这样，在大城市里，乘坐电车、汽车穿过一条条街道的时候，除了看市容、看风景、看工厂商店之外，浏览各种招牌，也是蛮有趣的。我以为：这很可以叫做"车窗文学欣赏"。这些铺号店号，当时为它命名的时候，当然有许多人绞过脑汁。而这些人之中，有若干人的文学才能可以说相当出色。

例如，在北京、广州这样的城市，进行"车窗文学欣赏"，有一些名称就深深铭刻在我的记忆之中。

请瞧吧：

"红心柴煤店"——这名字语义双关。除了赞美"红心"之外，还表示所卖的煤质量很好，一直可以烧到透心。

"青春摄影院"——拍张照片吧！留下你的青春记录。

"万里鞋店""长城鞋店"——鞋子可结实啦！可以跑万里，登长城。

"四季帽店"——有热天的帽子，有冷天的帽子，你要哪一样？

"翠香园水果店"——又绿又香，使你仿佛走进果园，既看到绿叶葱茏，又闻到水果香味。

"代代红儿童服装店"——希望儿童们一代代都坚持走革命道路。这间专卖儿童服装的商店出卖的儿童服装，颜色也是永远鲜艳的。

"海丰石油商店"——除了使人想起那个著名的红色之乡海丰外，还使人想到中国的石油像一面海洋，正在掀动波涛的景象。

"春雷""飞歌"无线电器材商店——歌声在空中传播回荡,像春雷一样。

"春岭茶庄"——春天的山野,茶林绿油油的,清明前后,巧手姑娘们正在摘茶。

"珍泉浴室"——这里的泉水多么清洁呵!令人想起济南的珍珠泉。

"晶明眼镜店"——玻璃片像水晶那样透明,你戴上眼镜就什么都看得一清二楚了。

"菜根香素菜馆"——素菜可以烧得香喷喷的,"咬得菜根,百事可为"。

"洁新洗染店"——衣服拿来洗了,十分整洁,就像新的一样。

"健民西药店"——这里的药物完全可以保障人民的健康。

"百草堂药店"——这使人想起各种《本草》,还使人想起神农尝百草的故事传说,中药虽然多种多样,主要就是"百草"。不问而知,这是间中药店。

…………

你看,这些店名,可不是很有味道吗?浏览它们,可不也是一种文学欣赏吗!

这些名字之使人感到精采,原因无他,就是概括力巨大,以至语义双关,饶有深意,引人思索,并且常常富有形象性……

我们难道不可以从这类出色的招牌当中,也学习到一点东西吗?学习简炼地用字,以很少的字数表现深厚的内容;学习在为文章命题时,拒绝平庸的老套,力辟崭新的境域。

一个小小的题目尚且可以这样的"使劲",作品的内容,那真正的生命所在的地方,应该刻意求工,自然是不待多说的啦。

一九七八年二月

鹩哥的一语

海南岛出产的鹩哥鸟,现在国内许多地方的动物园都有饲养了。

这种遍体乌黑、耳后有黄色肉冠的鸟,是以善于仿效各种音响著称的,真像是白居易所吟咏的:"鸟语人言无不通。"在各地的公园、动物园里面,时常看到一大群游人,围着鸟笼听鹩哥讲话,听到一句趣语的时候,就往往哄堂大笑。

鹩哥所讲的任何一句话,当然都相当引起人们的兴趣。但是在这些话中,有些仅仅是挑逗起普通的趣味,有些却像一块石头投入笑湖似的,激起了轩然大波。我有好几次站在广州动物园的鸟笼前,观察着游人的这种反应。"早安!""吃过了饭没有?""晚报!"这一类寻常的话,由鹩哥讲出来只引起普普通通的小笑。但是该处的鹩哥有一句话,是使人们格外笑得狂热的,这话就是:"你们是哪里的鹩哥?"

这句话所以好笑,是由于有许许多多的言外之意,仿佛在鹩哥看来,周围的人也都变成鹩哥,因此,它大模大样地和大伙打着招呼了。这是一种"朴拙"的好笑。

听说天津人民公园里面,也有好几笼鹩哥,讲的话也常常逗得人大笑。最有效果的两句话,一句是它们呼唤饲养员的名字:"老刘!"一句是:"外面看!"当小孩子们越过栏杆,走近鸟笼,而鹩哥又刚好讲出"外面看"这句话的时候,就引起哄堂大笑了。

这些话的好笑之处,是在于鹩哥仿佛升格为人了,它们亲热地呼唤饲养员做"老刘",它们甚至还协助"维持秩序",要叫小朋友们"外面看"了。它显示了成熟、睿智,因此就使人感到一种聪明的趣味了。

据说,法国有一个地方举行鹦鹉讲话比赛,每一头鹦鹉入场的时候,都讲一句最熟练的话,由裁判员加以评判。结果有一头鹦鹉讲的话特别受到了赏识,那就是:"天呵,这儿为什么有这么多的鹦鹉!"这话的妙处,也在于:仿佛这头鹦鹉是特别"通灵"似的,那句话也使人感到一种聪明的趣味。

所有这些鹩哥、鹦鹉,它们讲的那些话,对它们自己来说,原本是莫名其妙的,它们不过是机械地学着人语罢了。"你们是哪里的鹩哥?""老刘!""外面看!""天呵,这儿为什么有这么多的鹦鹉!"等等说话之所以对于能够了解其中意义的人说来特别有效果,或者是由于它们的笨拙可笑,或者又是由于它们的聪明可喜,总之,它们不流于平庸。"吃饭了没有"、"早安"等语之所以反应平常,就是由于它们太落俗套了。

从这些事例中,我想颇可以吸取一点关于语言艺术的滋养。当要用一两句话去打动人心的时候,必须很好地掌握对象的心理状态,而这些话又是决不能流于平庸的。它们必须警辟。或者是采取笨拙的形式,而包含着许多言外之意;或者是聪明毕露,光芒四射。

在流行的谚语中,像"杀头不过脖子上碗口大一个疤","地面上四只脚的东西,除了桌子,我们什么都吃"这一类话,性质上属于前者。"前面乌龟爬泥路,后面乌龟照样爬","三个臭皮匠,顶个诸葛亮"之类的话,性质上属于后者。

警辟的语言的产生自然不仅仅采取这两种方式,然而这是很重要的两种方式。

鹩哥的一语,可以使人哄然大笑。可见,语言艺术是多么讲究精炼;一句千锤百炼、寓意深远的说话,就抵得许许多多不着边际的闲言赘语。

神速的剪影

在公园一类的游览地方,常常看到剪影艺人在给游人剪影。一块黑纸片,卡嚓卡嚓的,几下子就给剪出一个人的黑影来。有些手艺高强的,剪得维妙维肖,栩栩如生,常常使我十分赞叹。

在几分钟之间,完成一个活灵活现的剪影,并不是一桩简单的事。这得有很好的基础功夫。你如果问一问那些剪影艺人,他们会说出他们从事剪影的秘诀。这就是:除了要全面地掌握对象外,还得格外注意特点,下剪恰到好处。如果审视他们展出的各种人物剪影,我们也可以发现:他们对于人物的特征,例如宽广的前额,垂下的头发,隆鼻子或者曲鼻子,厚嘴唇或者薄嘴唇,痣疣、眼镜之类,是十分留神的。每逢碰到这些地方,剪刀就放慢一些,以便全部攫住这些特征,勾勒传神。

这种剪影艺术的道理,和文学的描绘很有相同的地方。

在优秀的文学作品中,常常有一些精彩的片段,以十分稀少的笔墨,就活灵活现地描绘出某种场景或某个人物的面貌。这种"神速的剪影",十分令人赞赏。那些作者妙笔传神之秘,不外在于摄取事物的特征,集中加以表现。

《诗经·硕人》篇里面,只用二十几个字,就绘声绘形地刻划出一幅古代美人图:

> 手如柔荑,肤如凝脂,领如蝤蛴,齿如瓠犀。螓首蛾眉,巧笑倩兮,美目盼兮。

通过这二十几个字,一个雪肤花貌、十指纤纤、唇红齿白、云鬓蛾眉、秋水盈盈、嫣然含笑的古代美女的形象,就呈现在人们眼前了。

屈原在《九歌·国殇》里面,用八句话,就气势万千地描绘出一幅古代战争的惨烈场面:

> 操吴戈兮被犀甲,车错毂兮短兵接。旌蔽日兮敌若云,矢交坠兮士争先。
>
> 凌余阵兮躐余行,左骖殪兮右刃伤。霾两轮兮絷四马,援玉枹兮击鸣鼓。

通过这八句话(除了语助词,实际上它还不够五十个字呢),那种古代车战的场面,历历如绘地呈现在我们面前了:我们仿佛听到杀声震野,战鼓雷鸣。在辽阔的战场上,旌旗蔽日、飞箭如蝗,一辆辆战车靠近了,并且互相碰击了,车轮埋在土中,马嘶叫着、挣扎着,拖着缰绳。那些身披犀牛皮铠甲,一手持着戈矛,一手持着盾牌的武士纷纷跃下车来,短兵相接,窜进阵地的彼方武士一个个给刺倒了,尸横遍野。被砍伤的战马血流如注,哀号着,跳跃着……用那么少的笔墨就可以使我们的脑子里呈现出这样一幅清晰的战场图景,这是很不简单的。

我还想谈一谈白居易的《轻肥》那首诗,诗中描写意气骄横的内臣盛宴的场面,只用了四句话,不过二十个字罢了:

> 尊罍溢九酝,水陆罗八珍;果擘洞庭桔,脍切天池鳞。

仅仅这么几句话,那种奢侈豪华、觥筹交错、山珍海味、一掷千金的情景就给描绘出来了。它的出色处是还几乎使人嗅到酒香肉香和想到了那一席菜肴的极其昂贵的价格。

这都是"神速的剪影",在古今许多优秀之作中我们是时常可以读到的。

这些人物事迹的风貌寥寥几笔就被刻划了出来。作者的功夫,首先当然在于上面提到的那句话:摄取事物的特征,集中加以表现。

但是如果我们细细玩味上面提到的那几段精彩的描写,就会发现,他们的手法还不止如此而已。在那短短的几句话之间,他们还十分注意词汇、神采的讲究,以及把一般的和具体的描写相结合,以完成烘托的作用。

像《轻肥》那首诗,"九酝"、"八珍"那样的词儿,已经够引起人酒菜满席的丰富想象了。何况这美酒还被描写成从尊罍里面"溢"出来,而八珍又是从水陆各处搜寻来的。但是仅有这两句,还不过是一般的丰盛而已,后面两句,指明就是一枚橘子,也是来自洞庭名山,一条鲜鱼,也是来自天池胜境,可以见到酒席上每一样菜肴的考究。这一来,就使得上面提到的丰盛的酒席的任何菜式都显得异常珍贵了。

在《国殇》中,那种表现手法也有相似之处。其中既有"旌蔽日兮敌若云,矢交坠兮士争先"的一般场面的概括描写,又有"左骖殪兮右刃伤"、"霾两轮兮絷四马"那样极其形象细致的刻划,这就使得那一幅战争画面,既有远景,也有近景,互相衬托得更加生动了。

这种寥寥几笔的速写,虽然比不上精雕细琢、刻划入微的巨大的工笔画幅那样,给人一种"纤毫毕现"的印象,但是它在顷刻之间就完成对某种事象的神采奕奕的剪影,在笔墨使用上不如说更见功力。在这种场合,生活经验、题材选择、语言积累、表现方法⋯⋯作者的这一切素养一起受到了严格的考验。所以虽然是简

159

单的几笔,却正像医生为病人的重要部位开刀、猎人射击飞鸟似的,一操刀、一发射之间,都需要以他们生平深厚的素养为基础。

在"骨节眼"上的地方,总是格外能够显出一个艺术家的素养和功力来的。

京 剧 译 名

京剧有好些节目都到国外去上演过。出国的时候,剧目得有个译名,于是就产生了一些颇为有趣的事情了:中国名称和外国译名在情调上是距离颇远的。请看这样的例子:

《打渔杀家》=《被压迫者的复仇》
《汾河湾》=《睡鞋的秘密》
《贵妃醉酒》=《一个妃子的烦恼》

被这样译了一下,我们觉得中国味道丧失了不少,但这是没有办法的事。《打渔杀家》《贵妃醉酒》,直译起来,国际友人怎么好懂呢?反过来,如果把那个译名代替原来的名字,我们也会觉得不伦不类,《睡鞋的秘密》,如果作为童话剧或者侦探剧的名称,也许还未尝不可,但是作为京剧的名称,就未免令人失笑了。至于《被压迫者的复仇》和《一个妃子的烦恼》,即使作为话剧的名称,我们也会觉得突兀,因为这几个字,我们虽然一眼瞧去就完全明白它的意思,但这样的题目,作为剧名来说,并没有多少中国风味。

从这一点使我想到了"中国风味"究竟是怎样产生的,我们有时看到一些外国朋友描写中国,内容讲的全是中国的事情,但即使对着流畅的译文,读下去却很容易感到这并非出自国人之手,因为那里面"中国风味"并不浓厚。这样想了一下之后,我深深地感到:中国味道、民族风格这些东西,是靠许许多多因素构成的。不仅依靠深刻地描写自己国家、民族的事物,运用自己国家、民族人民喜闻乐见的叙述、表现形式,而且还得用中国式的语言,作者还得和群众有水乳交融似的情感交流。这里面的任何一项削弱了一些,"中国味道""民族风格"都会给冲淡的。

像那些"朝三暮四""杯弓蛇影""翻云覆雨""守株待兔"一类的成语,像那些"刀切豆腐两面光""前怕狼,后怕虎""拾起鸡毛当令箭""十个指头有长短"一类的俗谚,——总之,这一切直译起来外国人不大好懂的东西,在一部作品里面,如果连它们的影子都没有,那么,即使作者把事物叙述得怎样清楚明白,我们也会觉得,这里面好像缺少点什么,对,就是缺少中国味道!

语言这一项因素,和作品的民族风格关系是多么重大!民族、地方、个人特点所形成的独特新鲜的味儿,对于构成艺术风格是多么的重要!

"一字师"

"一字师",在唐宋的诗坛中常常出现,往往一个人作的诗,被旁人改动了一个字,立刻喜极下拜,尊称对方为师。这样的"师",就是所谓"一字师"。

古代文人们一般都很重视字的推敲。在清代,往往有一些文人由于把某一个词儿用得巧妙,竟因此获得一个雅号的。例如著《池北偶谈》的王士禛,因为和《漱玉词》,有"郎似桐花妾似桐花凤"的句子,就给人号为"王桐花";他的弟子崔华,诗作中有"黄叶声多酒不辞"的句子,就给人号为"崔黄叶";还有一位姓管的诗人,诗作中有"两三点雨逢寒食,廿四番风到杏花"的句子,就给人叫做"管杏花"。

这些王桐花啦,崔黄叶啦,管杏花啦,仅仅是由于写了一两句被人认为奇警隽永的句子,就给加上了一个浑号。这样的事情,在我们今天看来是十分奇特的,然而当时却习以为常。从这些事情中,我们可以看到:好的一面,是古代文人"一字不苟"的精神;不好的一面,是把文学的功夫大部分放在字斟句酌、辞藻的追逐上面去了。

思想低下、生活气息贫乏的作品,无论辞藻如何精美,我们今天是决不会给它任何好的评价的。那只是舍本逐末的、形式主义的东西罢了。

要是那重要前提已经具备——思想先进,生活气息浓厚,那么,在词汇的运用上,下不下功夫,恰当精妙与否,便起着很大的作用。

同是一条新鲜的鱼,烹调得好坏,滋味可以相差很远。自然,根本没有鱼,无从谈什么烹调;但是有了鱼之后,烹调就是重要的问题了。

我们读文学作品的时候,常常有这样的感受:一大段文字使我们受到感染,而在那段文字中出现一两句极其精警的句子,用了非常动人的字眼的时候,给我们的感染才突然达到高峰。这情形很像是烧开水,九十八度,九十九度,水都没有沸,再加一度,水就突然沸腾起来了。

自然这不单纯是技巧问题,但是在一切重要条件具备之后,语言艺术是起了极大的推波助澜的作用的。

文学本来就是"语言的艺术"。遣词造句的功夫是值得重视的。"一字师"之类的事情,我们自然无须照搬,但却很可以从中吸取教益。我们应该像马雅可夫斯基所说的从几百吨矿石里提炼一克镭一样,去提炼精粹的词语。

"狼吞虎咽"

闲暇的时候,我常到动物园去。有一次黄昏,进园游览,恰巧碰到园里的饲养员正在挨笼送食物给野兽吃,我也就一处一处地跟着瞧热闹。那次,看到了不少野兽在进食时的各种各样的馋相。

凡是食肉兽,总是极少慢条斯理地吃东西的。它们总是慌慌张张、急急忙忙地吃,唯恐食物被旁的动物抢去一般。它们里面,虽然也有像美洲狮那样的动物,咬住一只兔子时并不是立刻撕裂了吃掉,而是衔在口里来回逡巡,有时甚至要在笼子里跑上十分钟才蹲下来吃,但是这种状况毕竟不多。绝大多数野兽,总是饥不择食般地抢着吃东西。这显然是长期生活在森林荒野,在经常都有天敌来攫夺它们的食物的生活环境下养成的生活习惯。至于食草兽,它们在任何地方都可以相当容易地找到东西吃,因此就不必这么紧张了。

但是在食肉兽中,进食时的馋相也颇有各种程度的差别。这里面,狼似乎是可以考第一了。当饲养员把切好的肉块倒到笼门口的时候,笼子里的几只狼简直像疯狂了似的,它们吃东西看来不必咀嚼,就是一个劲儿地往喉咙里面吞。在一堆食物面前,狼简直像是吃下了过量的兴奋药,也像是染了什么狂躁症似的,几乎是喘着大气般在进食了。那堆碎肉在笼门外,有一些距离稍远的,狼用脚爪不能够攫到,它们也不能沉着地继续抓取,而是狂乱地跳跃,奔跑,站立起来扑打着铁丝围栏。那个馋模样儿,着实是够瞧的。

狼之外,进食时馋相十足的还有老虎。老虎也是几乎并不怎么咀嚼就把食物咽下血盆大口的。只是和狼比较起来,在外表上它稍为稳重一些就是了。

看了这景象,"狼吞虎咽"那句形容语清晰地浮上我的心头。我恍然悟到:这句形容语的产生是并不简单的。它是古代的人们经过周密的观察和比较之后,创造出来,获得许多人的共鸣和赞许,这才活在我们的语言中的。

和狼有关的形容词语,还有"狼藉""狼忙""狼狠"等等。这些词语的产生,都不是偶然的事。它们同样是古代人们观察狼的生活,积累了丰富经验之后的产物。一群狼在奔跑和寻食之后,留下的痕迹总是极其杂乱的;狼在追逐食物时的急切的神情也的确"独具一格";狼不管对任何动物,只要它们能够咬死的都要吃,甚至在吃得极饱之后,它们仍然要一路咬死它们见到的各种动物;在饥饿的时候,狼也围吃同类尸体的鲜肉,……这些性格,就是在食肉兽中也应该算相当特别。正是由于这样,使那些形容词语产生以后具有强大的生命力,一直流传下来了。

和这类形容词语互相媲美的还有"狐埋狐搰""狡兔三窟"等等。这类词语的产生也都有一定的事实根据。前一句,形容狐性情多疑,埋藏东西之后,又把它掘出来看,这是譬喻疑虑太过,事终无成的。但是从这个意义引伸开去,也有显示狐狸狡猾的意味。从前看到这句成语的时候,心想,这只是说说罢了,狐哪会去掘土埋藏东西?后来听到一些东北朋友谈他们的狩猎经验,才知道:狐的确会掘土埋藏食物。猎人有时打到野猪,让它放在原地,准备回头再抬走;但是转回原地时,只见地面血迹斑斑,一头狐鬼鬼祟祟地溜走了,野猪的尸体却已不见。最后,猎人再三考察,才发现周围有几个隆起的小土堆,挖下去,果然发现了被撕咬分裂成几部分的野猪的尸体。可见"狐埋狐搰"这样的句子,是颇有来历的。"狡兔三窟"一语中的"三窟",也很有趣味。一般野鼠之类的动物,挖洞总是只有两个洞口,能够安排三个洞口的据说只有野兔。这一来,"三窟"就在动物界中成为最高纪录了。因此,也就被引用来形容狡兔之狡了。

归纳这些事例,可见,一些在我们现在看来平平常常的形容词语,当年它们产生的时候却颇有一番艰苦的历程。它们是经过古代人们的认真观察、创造,并获得无数人的赞许,这才在语言中奠定了地位的。

也有一些形容词,它被创造出来之后,并没有获得许多人的共鸣,不久,就死亡了。像水仙花,古代有一个名字叫做"雅蒜"("水仙""雅蒜"等虽然都是名词,但它最初却是对于水仙这种花卉的形容词,以后才转化成名词的),这名字其实并不"雅",所以不久就不再为人采用了。

从这些,我们可以体会到:世代流传,并且直到今天仍然活在我们口语中的形容词,它们都是有其一定的生命力的。这种生命力就在于它们在某一程度上的状物传神的功能。

但是,今天,当我们运用到"狼吞虎咽"这一类词语的时候,却很难想象到狼虎在进食时全部的馋相,它只能给予我们"匆忙大吃"这样的概念罢了。我们的神经已经给这一类形容词语刺激得变粗了,我们再也不会在看到这一类词语时就引起极其丰富的、活灵活现的想象。

因此,是不是可以这样说:传统的形容词语,它们是有生命力的,要不然它们就不会被人们一代代这样运用着。但是,这种生命力又有一部分是萎缩了的,就正像某些植物在长期无性生殖的情形下种子会退化一样。

由于这样的原因,我们不应该粗率地轻视或者排斥传统的形容词语,错误地以为那没有什么生命力,在需要简单地用上几个字就刻划事物的某种性质的时候,传统形容词语很有用场。但是,当要活龙活现、生动活泼地描述事物的时候,传统的形容词语,就显得力量不是那么充沛了。这情形使我不禁联想起戏剧的表演程式。这些程式对于表达人物的喜怒哀乐是大有作用的,但是卓越的表演艺术家又不应该仅仅满足于表演程式。没有内心的丰富感情,没有在某些方面大胆的创造,表演程式毕竟又是味道不足的。

　　有一些作家,在创造新的形容句子的时候常常呕尽心血。有一个故事说,马雅可夫斯基为了要描绘一个孤独的男子怎样保护和疼爱他的爱人,苦思了几日夜,才想到了"就像一个在战争中残废了的兵士爱护他唯一的一条腿"那么一句话,便是一个例子。

　　对待传统的形容词、形容短句,既要认识它们的力量,又要知道它们有所不足之处。我想,这或者可以说是我们在对待这一类词语时应有的辩证观点吧!

放纵和控制

"过犹不及"这句话说得很好,在一切领域的事象中,我们都可以找到无数"过"与"不及"产生恶果的事例。好像:

植物的生长需要一定的湿度和温度,没有这种条件,它不会生长。然而超过了一定限度的湿度和温度,又可以使植物烂根或者枯死。

动物的内分泌和机体的发育有很大的关系,分泌过多或过少都会出乱子。例如人体中脑下垂体分泌不足,人就会患上"侏儒症",身躯矮小;如果分泌过多,又会发生肢端肥大症。甲状腺分泌不足的人,皮肤苍白粗糙,精神迟滞,但是如果分泌太多,又会产生"突眼症"和"大脖子"病。

声音的产生是由于物体震动引起了空气的波动。物体震动的"频率"过低,我们不能听到声音;"频率"过高,我们也无法听到。我们耳朵所能听到的,只是频率在十六至二万赫兹这一范围的声音罢了。

我们知道,铁里面,含碳量最多的是生铁,减去含碳量,到了一定程度时它就变成钢,开始出现了生铁所不具备的特性。但是含碳量比钢更低的熟铁,却又丧失掉钢的好些特性了。

化学也同样存在这种道理,两种元素化合而成的一种东西,仅仅是由于某一种元素的含量少一些或者多一些,结果化合物的性质就会异常悬殊。例如二氧化碳是无害的,一氧化碳却是剧毒的东西了。

像这一类事情,可以说是多极了。

在工作方法和艺术创作方法上,是不是也存在着同样的道理呢?

我想,同样存在。

在艺术创作上,不论是为了选择题材,显示事物特征,还是表达作者对描绘对象独特的思想感情,艺术夸张都有它的必要。艺术夸张常常能够把平凡的事物变成不平凡,使它光华璨目。而且事物既然经过概括集中了,就一定有它的强烈性,以艺术夸张来体现这种强烈性,也是自然不过的事。

但是,这里面的确存在一个掌握分寸的问题,夸张,也是有它的严肃性的。

有些戏剧界的人物在赞美周信芳的舞台表演艺术时,说是具有"高度的激情,高度的放纵,高度的控制",这几句话我以为说得很精妙。艺术就是需要各种各样"高度"的东西,而这些东西,又是互相配合的。以放纵和控制来说,没有前者,就不可避免地要产生呆板凝滞,然而单有前者而没有后者,也一定要大出毛病。试想,一个演员在表演悲哀时如果真的泣不成声,昏倒在地;在表演欢乐时如果真的嘻嘻哈哈,像小孩给人搔着膈肢窝一样笑不可仰,戏剧还能够继续演下去吗?戏剧效果还能够不被破坏吗?

在工艺美术品中,我看到好些大头瓷娃娃,十分逗人喜爱。我们知道,小孩的头部和躯体的比例,比较起成人来是要大得多的。掌握了这一点,那些"大头瓷娃娃"的塑造者又适当地加以艺术夸张,这就使我们看到"稚态可掬"的幼童形象。但也有一些,把那个头夸大得太过分了,这时候我们获得的印象就不是有趣,而是畸形了。同样的道理,一个瓷塑寿星公的脑袋,又亮又凸,适当的夸张使人感到饶有风趣,过度的夸张,那种风味却突告消失,使人徒然获得一种怪诞之感罢了。

古代许多伟大的诗人,都是深懂"此中三昧"的。他们经常运用艺术夸张,但却很注意掌握度数。他们形容楼台巍峨,经常用"百尺"而不用"千尺"(如"玉楼高百尺");形容瀑布壮观,只说几千尺,决不说几万尺(如"飞流直下三千尺");形容一个热闹城市的繁华街道,一般只说十里,决不说百里(如"春风十里扬州路");只有在形容到高山、大河的时候,才用上比较大的数字,但是也和事物实际保持着一定的关联。唯其如此,那些艺术夸张的句子才唤起了人们的联想与真实感。我们现在形容甘蔗、花生生得粗壮,如果用上"甘蔗长到顶破天""花生荚子做睡船"之类的句子,我想那并没有什么艺术魅力可言(如果作为夸口比赛或者作为谐谑儿歌来处理,自然又当别论),假使能够贴切一点进行譬喻,像说甘蔗像壮汉的手臂一样粗,花生荚子大得像成人拇指,那么,所能够引起的人们的联想与实感,就和"顶破天""做睡船"之类完全不可同日而语了。

也许有人会问:"白发三千丈"那类的艺术夸张诗句又作何解释呢?我想,那只是偶然一用的漫画式的笔法罢了。正像某些场所也可以摆个"哈哈镜",但哈哈镜毕竟不是有广泛用途的镜子。

可见,艺术夸张也是以科学的认识为基础的。越能够掌握本质,认识得越精确,思想越对头,夸张起来也就越能够掌握分寸和越有艺术力量。

不仅仅在艺术夸张这一方面,在文学创作的文采、朴素、穿插警语成语等各方面的问题上,"控制"的道理我想也随处用得上。有放纵而没有控制,就一定会接受绝对主义,这一套到头来只会损害了艺术效果。

我们通常所说的"进一步认识",不外是在掌握事物一般性的基础上进而掌握它的复杂性罢了。

我们通常所说的"熟练",那意思,不外是说做事情能够恰到好处,拿得起,放得下,能纵能收,进退有度,能够严守基本原则,又能够灵活变化罢了。这里面,往往都含有"善于控制"的意味在内。

粗犷与细腻

偶然翻阅齐白石的画册,从里面一些粗犷的意笔和精细的工笔相结合的画幅中,得到很大的启示。

这类作品白石老人画了很不少。它们大抵是某种植物和一两只草虫结合在一起。植物用意笔,草虫用工笔。那些莲叶啦,树丛啦,大抵是像泼墨似的,粗犷豪放,好像是用大毛笔蘸饱了墨汁随便挥洒而成;而那些蝉啦,蚱蜢啦,螳螂啦,则画得精细极了,那真是刻意求工描绘出来的。纤细的触须,翅膀上的脉纹,虫脚上的"钩齿",都历历可辨。这些粗犷和细腻的笔墨结合在一起,使得它们彼此衬托,相得益彰。植物更显得欣欣向荣了,草虫更显得神态栩栩了。

在齐白石画册中还有一个值得注意的现象:有一些这类的画,只画好了一半。这一半并不是像某些人所想象的,是那"容易画"的泼墨意笔,恰恰相反,却是那工笔的草虫。意笔的植物,却还无踪无影呢。显然,在画家的心目中,寥寥几笔的泼墨,有时要比工笔画还难得多;他要留待精神特别好的时候才下笔,不幸有一些还没画成,画师就弃世了。

粗犷和细腻,意笔和工笔,概括和精巧,辽阔的背景和清晰的事物相结合,是艺术上一项重要的表现方法。以这些画为例,由于有泼墨意笔挥洒而成的植物存在,就使人觉得那翅脉毕现的草虫不是活动在空虚的一张白纸上,而是藏身在茂密深邃的草莽和树丛间。而这一切,又使草虫显得更加玲珑小巧了。

像这一类的表现方法,常常是被许多深知此中奥妙的人物贯串到艺术各部门中去。在表现层峦叠嶂、境界深远的画幅中,我们有时会看到一个须眉可辨的老人立在近处;在音乐中,有"四弦一声如裂帛"的音节,也有"大珠小珠落玉盘"的旋律;在戏剧中,有匆匆忙忙打斗几下就过场的戏,也有精雕细琢,一生一旦唱它半天的精工片断……:那道理,原是相通的。

在文学中,这种例子多到不胜枚举,这里只举杜甫的一首小诗为例:

　　两个黄鹂鸣翠柳,一行白鹭上青天。
　　窗含西岭千秋雪,门泊东吴万里船。

瞧,前两句多么细致!后两句又是多么雄浑!把这首小诗和白石老人的草虫画放在一起,你不禁惊异地发觉:他们生活的时间虽然相距千年以上,所致力的艺术工作也各有不同,但他们在掌握艺术法则的某些神髓上却是完全一致的。

有人把这道理归纳为什么"粗犷的美","柔细的美"之类。我以为这样的说法并不妥当。不能离开思想和素材来谈美。既概括而又细腻,这是一种艺术表现方法,至于它所达到的效果如何,就要看它所服从的主题思想和素材如何来决定了。

从这么一种重要的表现手法,我想到:

艺术要求强烈,因此概括则要求粗放,刻划则要求细腻。唯有如此,才能够干净利落而又形象饱满。事物是辩证的,因此,用来反映事物的艺术方法也应该是辩证的。

简要概括和精雕细琢都要求我们不惜功夫,有时在简要概括上所用的劲也许比精雕细琢还大些。

技巧问题归根到底离不开思想水平和生活积累,因为这些东西不足,还谈什么"由博返约"的概括凝炼和神态栩栩的细腻加工呢!

眼睛的奥妙

画人像,眼睛是很重要的关键。其他轮廓具备,眼睛画得像了,那人物就灵活起来了。

因此,关于画眼睛,在画史上就流传着许多佳话,有些甚至衍变而成神话。

晋代的顾恺之,画过《女史箴图》《洛神赋图》等名画,一向被人推为中国画史上的第一位画人物的宗师。据说,他画的人物,往往好几年不点眼睛。人家问他为什么这样,他说:"四体妍媸,本无关于妙处,传神写照,正在阿堵(这个)中。"

南北朝时的画家张僧繇,擅于画龙,民间故事说他在金陵安乐寺的壁间画了四条龙,不点上眼睛的时候一切如常,一点上眼睛,龙便破壁飞去了。"画龙点睛"这句话,就由此产生。

现代的湘绣,也很讲究绣眼睛的技巧。据说,当年最著名的湘绣,绣眼睛成为"家传之秘"。人像的眼睛、动物的卷毛这些细活,总是放在内室,由湘绣名家的儿媳妇们自己做,不传外人。绣线也异常考究,一根丝线,要分成十六股;一种颜色,从最浅到最深,要分成十三种。用这种丝线和这种技艺绣出来的人物,栩栩如生,那眼睛竟像是会瞬动一样。

透过神话的迷雾,透过"玄妙"的气氛,我们看到了艺术上一项重要的真理:画龙必须点睛。不点上眼睛,龙始终活不起来。

一首曲有它的最美妙的地方,一出戏剧有它的高潮,一幅画有它的最精彩之处,一篇文学作品,也得有它的一处或几处格外闪耀光彩的地方。这些地方,都需要艺术创造者有"绣眼睛"的独到的本领。

譬如一座宝塔,一级级都筑好了,还得到那顶端去放上一个塔尖,这才成为真正完整的塔。没有塔身,塔尖是无所"附丽"的。但是有了塔身,缺乏了那个塔尖,也仍然不免失色。

跳高的横竿,当它放在"低水平"的时候,是许多人都可以跳过去的,但是当横竿一格格往上提的时候,跳过去的人就越来越少了。而当横竿放到十分高的位置的时候,能够纵身跃过的人,就创造崭新纪录了。

大师们在"绣眼睛"时尚且如此吃力,可见"绣眼睛"决不是简单的事了。唯其如此,艺术创造者决不能满足于一般水平,决不能满足于跳过"中栏"就算,而必须千方百计去跳过高栏,去获得"绣眼睛"的卓越技艺。自然这不是一个单纯技艺上的问题,而是思想、生活知识与艺术素养的高度的结合。

艺术家如果不把跳高的横竿一级级往上提,虽然长期从事艺术创作,也不一定能够获得这种卓越的本领。

小羊的刺激

在热带城市里,有一种卖羊奶的场面很有风趣。卖羊奶的人赶着几只羊,一路走一路喊卖羊奶,他手上是连一桶羊奶也没有的,谁要买,就"现榨现卖"。

奇怪的是被赶着上街的山羊,不但有母羊,还有小羊。小羊当然是没有奶的,但是它有一个作用,可以帮助赶羊人挤出母羊的奶。每当有谁要光顾的时候,赶羊人就让小羊靠近母羊,让它用嘴拱几下奶房,这一来,赶羊人榨起奶来就容易得多了。要不然,母羊的奶房虽然是胀鼓鼓的,榨奶可大不容易。

这个场面我是在少年儿童时代看到的,多年来,一直留下了颇深的印象。关于母羊和小羊被捉弄的那方面的事情我不想谈了。这里想说的是:这事颇引起我好些联想,有不少事情,"万事俱备,只欠东风",还是不行。母羊奶房里面,奶是有了,然而不经过小羊这么用嘴拱几下,奶汁仍然不容易流出来。

这不也使人联想到在艺术工作中,某一些事情的刺激,对于创作欲的发扬,大有好处的那些道理么!

唐代有一个叫做郑綮的宰相,很会作诗。有一次人家问他:"您近来有新诗吗?"他回答说:"诗思在灞桥风雪中驴子背上,这里怎么能够得到!"古代长安,东面的灞桥,西面的渭城,都是长安人送别亲友的时候,盘桓惜别,折柳相赠的地方。在那种地方,当时的人们触景生情,不知道写下多少如怨如慕、如泣如诉的诗篇。因此,郑綮认为在"灞桥风雪中驴子背上",诗思就会喷涌而出了。这话是有一定道理的。后代的陆游有"此身合是诗人未,细雨骑驴入剑门"的诗句,撇去他报国无门,愤慨自嘲那方面的心理不谈,"细雨骑驴入剑门",在陆游看来,也就大可激发诗思了。这道理,和郑綮所说的颇有共通的地方。

原来有一些生活积累,不经过激发,它是扬不起波澜来的。

本来没有或缺乏感性的生活知识,这正像母羊还没有生小羊,奶房里空空如也,没有奶汁,任你怎样去榨,也榨不出奶来。

但是母羊奶房里已经有奶汁了,还得经过小羊碰撞的刺激,它才容易流出来。

前面一个道理,我们已经谈得不少了,没有生活实践,没有相当程度的直接知识和间接知识,没有一定的表现技巧,还谈什么创作呢!

后面一个道理,我们也许还谈得不够多,有了奶汁之后,怎样使它流出来呢?

我想:深入到令人激动的生活斗争中去,对于各种艺术品广泛浏览,和人接触、谈话、独自思索、酝酿、练功……许许多多的事情,都可以成为"激发剂"。

在感到艺思枯竭的人们当中,有些人缺乏这种激发剂,有些人缺乏那种激发剂,不一而足。在这种情形下,每个人所需要的"小羊"并不是一样的,但是无论如何,必须找出这头"小羊"来,问题才能解决。

这些年来我们有机会在接待外宾的工作中会晤到许多国度的作家,谈起来,几乎各国都普遍存在这样一种情形:好些作家在写了一两本东西以后,就搁笔不能再写了。艺术思维枯竭,对于一个

179

作家来说,也许比面庞上皱纹增加对于一个花旦的威胁还要大。怎样找出产生这种情况的原因来,是一项复杂细致的工作。只要想想母羊奶房里虽有奶汁,却也有挤不出来的时候,就可以想见,对每一个这样的人,真正去找一种切合具体需要的"特效激发剂",是如何的需要了。

  当然,最重要的还是不断增加生活积累。如果把生活积累的增加看做是量变,那么,所谓"灵感",不过是量变达到一定程度时出现的"质变"罢了。

  重要的是奶房里得有一定数量的奶汁的储藏,然后才是"小羊"。

两只青蛙

　　有一次,我们经过一座别墅花园,看到园中喷水池中央,有一件装饰品,大家都不禁大笑起来。原来那突起的地方,有一只水泥塑成的巨无霸似的青蛙,足足有一个谷箩那么大,它雄踞在水池中央,鼓腹瞪眼,像是童话里的什么怪物。我们大家都觉得这件装饰品摆在那儿,真是太煞风景了。

　　在另一些场合,另一只作为装饰品的青蛙,却使我感到异常可爱。有一种陶制的荷叶状的烟灰缸,一片绿色的荷叶卷起了边,卷边形成的一条条浅陷之处,可以置放香烟。在荷叶的一端,伏着一只小小的青蛙,它不过比一粒花生米稍为大些罢了,还保持着跃动的姿势,仿佛是从什么地方刚跳到这荷叶上面,正要跳到别处去似的。以一片陶塑的卷起的荷叶作为烟灰缸,已经具见工艺美术家们的巧思,而在这上面,安置这么一只小青蛙,更是生动之笔。本来没有这只小青蛙,并不影响烟灰缸的实用价值,但是有了这点装饰,就更好了。那片荷叶已经使人有水榭风清的感觉,加上这么一只小青蛙,更加显得夏天莲塘里的生机蓬勃。我虽然是不吸烟的,但是每次看到这一型式的烟灰缸,总要欣赏一番,并且对于这位不知名的工艺巧匠,深深感到佩服。

　　同样是一只青蛙,放在喷水池上面的那一只,令人感到煞风景;烟灰缸上的那一只,却使人感到可爱。原因何在呢?这恐怕是涉及不少方面的问题的。在某一特定场合,作某种装饰是否相宜,是个问题;这个装饰份量是否适当,又是个问题;装饰的艺术功夫怎样,也是个问题。

只有这一系列的问题都解决了,"装饰美"才能够真正体现出来,并且使事物原来的美提高到一个新的境界。

在工艺美术中,反对"装饰美"的人大概是不会有的;但是在文学工作中,一提到"装饰美",就往往有人想到"装腔作势""涂脂抹粉"那上头去。尤其是由于文章朴素自然的可贵,是许多人所共知的,古代艺术大师们留下来的格言,也都反复阐明了这一点。例如,李白的"古来万事贵天生,何必要公孙大娘浑脱舞",陆游的"大巧谢雕琢",元好问的"一语天然万古新,豪华落尽见真淳",就都是力主创作应以天然和真淳见长的。而堆砌浮华之作,也的确使人厌恶。由于这样,好些人就对于文学作品中另一方面的道理——装饰的美掉以轻心了。

其实,可以装饰、应该装饰的东西,装饰还是不能马虎的。

姑娘们的发辫上,不是常有个蝴蝶结吗?

儿童使用的刺枪上,不是常扎个红缨吗?

在旗幡上,不是常常饰有飘带吗?

在一把把葵扇纸扇上,不是常常画有梅兰菊竹吗?

…………

就是以朴素、淳厚见长的文艺作品,事实上也有一定的装饰美存在其间,不过份量比较轻微罢了。

自然,棺材绘成五彩,癞猫扎以绸带,或者衣服穿得全身花花绿绿,像只锦鸡,像匹斑马;或者一杯寻寻常常的白开水,却盛以金壶玉盏,这些只能令人失笑。但如果不是属于这一类范围的装饰呢?难道也不需要吗?难道由于世间有"老来俏"之类的浓装艳抹者,姑娘们就应该一律放弃衣服上的花边和发辫上的蝴蝶结之类的东西吗?

我是主张文字应该有适当的装饰美的。没有好的思想,好的内容,文采无所附丽,然而有了这一切先决条件,文采就可以使它们更加焕发光辉。

装饰美是值得注意的,这是文明,这是艺术。

装饰美怎样才算恰当,上面提到的那两只青蛙作为装饰品给予人的迥然不同的感受,我以为颇值得玩味。

摔坏小提琴的故事

从前读日本作家编的《欧美逸谭》，记得有一个关于音乐家摔坏小提琴的故事。

文艺复兴时期有好些精美的小提琴流传下来，价格很高。一次，有个著名的小提琴手将在某地演奏，他的小提琴价值五千元。有一些听众，为了想看一看那高贵的乐器，听一听它的妙音，也跟着爱好音乐的人蜂拥而来。

高朋满座，小提琴手开始演奏了，那具引人注目的小提琴发出了异常美妙的乐音，使听众如醉如痴。但是一曲终了，余音袅袅，正当不少人惊叹于那具宝贝乐器的魅力的时候，音乐家突然转过身来，把小提琴在椅背上猛击一下，那珍贵的乐器立刻粉碎了。顿时，四座震惊。

音乐会的主持人立刻跑了出来，宣布道："各位，请静一下，此刻打碎的，并不是五千元的，而是一元六角五分的小提琴。音乐家所以要这样做，是要使大家知道音乐之妙，不尽在乎乐器的好歹，而在乎使用乐器的人。现在，要以真正的、价值五千元的小提琴来演奏了。"于是，演奏者再度登场，那和刚才差不多的美妙的乐音悠然而起。同时，观众就再也不去注意乐器的价格，而专心欣赏着演奏者的技艺了。

正像"伯牙碎琴"是个封建社会的故事一样,这是个资本主义社会的故事。这样一桩事情的发生,也可能包含有主办音乐会的人的宣传伎俩等等因素在内,这且不去说它。我感到值得寻味的是:用一把极其普通的小提琴,奏出了和异常名贵的小提琴互相媲美的音乐,这才是艺术家之所以为艺术家。

如果把这道理引用到文学中来,可以说,高明的作家应该有这样的本领:不仅在刻划荡气回肠、声情激越、矛盾尖端或者异常优美动人的事物时,有一种巨大的吸引人的魅力;就是在描述极其平凡的事物,高潮还没出现,剥箨未曾露笋的时候,也能够处处引人入胜,——就正像那位小提琴手用一把普普通通的小提琴,也奏出了极其优美的音乐一样。

高潮的、强烈的地方,事件本身已经异常吸引人了,这个时候,老实说一句,文字技巧平凡一些也并不会怎样露出破绽,唯独在叙述极其寻常事物的时候,要使人们也心倾神驰、获得美感,就格外需要艺术上的功力。

有一些不够好的小说、散文之所以使人感到乏味,除了其他方面的原因外,常常也在于:每当这些小说散文的情节高潮未曾涌现之前,它的叙述总是使人感到沉闷、困倦。怎样使平凡的事物显出光采,艺术语言上处处充满魅力,是一件值得我们认真探索的事情。

许多大师的著作里面蕴藏着无数珍贵的艺术技巧,这里面有一项就是:在描述平凡事物的时候,全神贯注,把平凡变为卓特。他们运用优美的语言、饱满的形象、智慧、感情,把那一切平凡的事件都"点石成金"了。这使我们在阅读的时候,有"山阴道上,应接不暇"的感受。在正菜未曾端上来之前,这些精神食粮的烹调大师捧出来的小碟腌菜,色、香、味已经够诱人了。

在戏曲表演上,艺人们经过长期的经验积累,是很懂得"平凡处绝不可放松"的道理的。各地的戏曲谚语，有许多都着重阐明了这一点。例如：演戏一事，唱工的重要是不待说的了，——就正因为这样，"看戏"才被人叫做"听戏"。为了防止艺人重歌唱而轻视念白和做工，有许多"戏曲谚语"就适当抑低了唱的地位，而谆谆劝告演员们要重视"看似平常"的念白和其他方面的功夫。这就是"千斤白，四两唱""三分唱，七分打（打击乐）""一引二白三曲子""讲为君，唱为臣"那一类戏曲谚语所以流行于不少剧种间的缘故。

　　如果有这样的演员，当没有轮到他唱做的时候，也就是他的表演处于"平凡阶段"的时候，他只是有气无力、没精打彩地站着，等到"戏"来了，他才精神抖擞，施展出浑身解数，这能够说是好演员吗？不，不能。

　　如果有这样的作家，他写作品，只在"精彩之处"、"骨节眼的地方"才着意作艺术加工，而在叙述平凡事物的时候，却文笔沉闷，流于平庸，这样的作品能够说是完美之作吗？我想：也不能。

　　这正是那个摔坏小提琴的故事，由于包含了某种正面的意义，才给人以较深印象的原因。

"上　味"

如果我们注意一下世界各地人们对于盐巴推崇的情形,可以说是很有趣的。

亚洲、欧洲、非洲、美洲……许多地方民间都有这样一种习俗,把盐当做最崇高的礼品。碰到尊贵的宾客,举行赠礼仪式的时候,礼物往往就是一撮洁白的盐。东欧有些国家,按照古老的民间传统风俗,最尊贵的礼物就是面包和盐。我们阅读关于各洲文明地区或者原始部落民俗的记载,也常常读到以盐作为珍贵礼品的事迹。"盐"这个词根,还构成了世界上好些国家文字中的"友谊""工资"等词汇。

这种古老的风俗保持下来,固然使我们想到在遥远的年代,当交通不便的时候,盐是怎样被人看做宝贝一样;在我们的脑子里,还因此涌起世界上缺盐地区人们把几颗盐粒捧在手里当糖吃的图景。但是,那种习俗的形成,也还不仅仅由于这种历史的因素;更重要的是,人们在现实生活中认识了盐的崇高价值。山珍海味、飞潜动植,无论怎样美好的肴馔,要是缺了一味盐,那味道虽然并非就完全不堪下咽吧,但是,老实说,却难免大大逊色了。在旧时代,有一些"高门大户"雇用奶妈,为了要她们奶水足,供应的食物是丰富的,但是却不许下盐(那类人家有一种愚昧荒唐的见解,认为食物中加了盐就会影响奶汁的质量）。就正因为这样，有好些来自农村的奶妈在珍馐杂陈的饭桌之前，却吃得异常辛苦，甚至因此呕吐了。

正因为这样，广东有些地区，群众竟给盐起了一个可爱的绰号，叫做"上味"。在饭桌旁，常听到人们这样叫唤道："菜太淡了，快拿点'上味'来。"

平平常常的盐，竟获得"上味"的美誉！

这倒使我想起一件事情来了，在文学作品中，有没有一些东西，像盐一样重要呢？

崇高的思想、生动的形象这些方面暂且不谈，单从文学语言这一方面来说，"平易流畅"，我觉得也像盐一样，是一种"上味"。

如果一篇文学作品，仅仅在文字上平易流畅，而内容毫不足取，那当然没有什么味道，说不定还会令人反胃。但是，要是一切方面都很好了，偏偏文字是不平易不流畅的，难道不也像一盆精美的肴馔却没有下盐一样，吃起来令人皱眉吗？

像这一类的情形并不是绝无仅有的。有一些作品，内容思想都很好。但是，语言文字却砂石很多，我们读起来，就正像吃上等的白米饭却咀嚼到砂子一样，就正像吃没有下盐的上等的肴馔一样。

对于任何好菜式，盐都是需要的。但因为盐太平常了，有时人们就容易把它忽略了。

读那些思想、内容、文采都好的作品，我们像乘快船下三峡似的，有痛快淋漓之感。但是阅读那些什么都好，文字偏偏"诘屈聱牙"的作品，却很令人头痛。那情形，就正像听美妙的音乐，却不断受到杂音骚扰似的，兴趣不免大大打个折扣了。

我们有时甚至在很著名的作品里面也发现这种情形。这，令人想起好厨子烧菜有时也会忘记下盐，"八十岁老娘倒绷孩儿"。

有人说,文章应该"先求平易后波澜"。"平易"两字,的确是珍贵的;它的可爱处,就正像对于一般肴馔万不可少的盐一样。

因此,我想起了"上味"——盐的这一美妙的绰号。

笑 的 力 量

"哈,哈,哈,哈……"我们每个人做小孩的时候,都有被人搔到膈肢窝,瘫痪在地上大笑的经验。这种笑,虽是辛苦,也是快乐的。长大以后,这种玩意儿自然是难得有了,但是有另一只奇妙的手,有时也会来搔我们精神上的膈肢窝,使我们忍不住微笑和大笑。这只奇妙的手,就是幽默和讽刺。

不论是东方还是西方,都有许多关于笑的谚语。例如:

"人是唯一会笑的动物。"

"一个小丑进了城,胜过一车药物。"

"每日大笑三次可以长寿。"等等。

这些谚语,都在各个程度上赞美了笑。从另一个角度看来,又可以看到人们对于笑料的需要。

剥削阶级有他们的幽默趣味,他们欣赏残废者的畸形身体,善良人的坎坷狼狈,或者是他们心目中的所谓"乡下人的愚昧"……。另一方面,觉悟了的群众呢,又有另一种幽默趣味,对剥削阶级贪婪愚蠢的讽刺,对他们的风习影响的嘲弄和鞭挞,状物传神的譬喻,智慧警辟的语言,在在都可以引起幽默感。资本主义社会的马戏班,小丑常常是以大挨耳光来博人发笑的;社会主义国家的马戏团,小丑则常常是以出色的表演,智慧的语言,或者是对某些不良事物作恰当的讽喻等等来博人发笑的。

广大群众具有强烈的幽默感,当你深入到群众中间的时候,就会发现,几乎每一个角落,都有擅长讲笑话的人。这些人很能得到群众的喜爱,在田野劳动的时候,在豆棚瓜架下闲谈的时候,他们妙语如珠,"谈言微中",往往博得个哄堂大笑。在这种笑声中,大家或者消除了疲劳,增添了生活的乐趣,或者嘲弄了丑恶事物,辨清了道理,统一了是非观念。群众的幽默,你从许多流行的谚语、歇后语中也很可以领略它的特色。例如:"搽粉进棺材——死要脸。""泥菩萨过江——自身难保。""老鼠跌下天平——自己称自己。""搅屎棍——文(闻)不得,武(舞)不得。"这一类的谚语,不但形象生动,也使人深深感到其中包含思想的锐利深刻。一些形容各个地方特点的故事,也充分表现了群众的幽默趣味。例如:北京居民对于东西南北的方位普遍认识得异常清楚(这是和北京城的四方形建筑形式的传统影响密切关联的),在街上向人问路的时候,经常可以听到"朝南""朝北"这一类的回答。有一个故事形容这种情形道:"北京有夫妇俩夜里睡在床上,丈夫觉得太挤了,要妻子把身子靠里一些,但是他不说'睡过去一些',却说'朝南'!"又如:汉口夏天的气候闷热,有一个故事形容这种酷热的情形道:"一个人死了,阎罗王要把他下油锅。不料他一点也不怕,阎罗王大惊,一问,原来他是汉口来的,这样的热度他都早已不在乎了。"不说"北京老居民对于东西南北的方位观念很强",不说"汉口夏天气候热得厉害",而各各以这么一个小笑话作为譬喻,它产生了怎样的效果呢?我以为它决不仅仅在于博人一笑而已,它还产生了加强人们印象的效果。一听那些故事,我们不是就获得了鲜明的认识和牢固的记忆了么?我以为这正是幽默的力量之一。自然,群众的幽默和讽刺,更多的是针对阶级敌人的。旧时代,各地群众给地主官僚起的绰号诨名,如"铁算盘""算死草""笑面虎""油炸蟹"等等,就已经足够令人领略其中风味了。也有一些幽默笑话,是嘲讽懒惰、骄傲、固执、粗心、思想简单等毛病的。如一首著名的民歌:"头发梳得光,面孔搽得香,只因不劳动,人人说她脏。"以及许多嘲笑懒婆娘、粗心汉子的故事等,便是例子。群众的这一类幽默讽刺,例子不胜枚举。事实上中国历代的笑话总集,如《笑林广记》之类,一般总不是出自某一个士人的创作,而是搜集了群众的幽默言谈整理润饰而成的。

人民群众喜欢这种幽默、滑稽、讽刺的东西,大家需要笑的营养。这正是为什么喜剧、闹剧、笑剧、相声一类的东西,那么使大家倾心欣赏的原因。每当戏院上演一出精彩好笑的戏剧的时候,那气氛总是格外的热烈。各国的幽默作家:谢德林、果戈理、莫里哀、马克·吐温、哈谢克、萧伯纳等人,他们在人民中的影响是历久不衰的,读者对于他们常常有一种特殊的喜爱。一代喜剧演员卓别麟,他的剧作和表演更是多么风靡了我们这一世代呵!在我国,人们常常辗转传述着历代笑话集子中的故事,我国新疆地区关于阿凡提的智慧的笑谈,近年来通过翻译传播,也早已成为全国读者喜爱的读物。幽默,是多么能够攫住人心呵!

我想我们必须很好地认识笑的力量。幽默,使人想起了智慧的微笑;讽刺,使人想起了横眉的大笑。通过这些笑声,我们还可以感受到蕴藏于其中的锐利、严肃、豪迈、信心等等因素。人们透过笑声来认识事物的时候,那种了解,往往是十分深刻的。笑声有时像烈火,可以烧掉一些丑恶的事物;笑声有时又像是清泉,可以让人的灵魂在其中好好荡涤一下。从许多事象归纳出来的道理告诉我们,必须很好地认识笑的力量。

即使是在最艰难困苦的日子里,革命斗志昂扬的人也不会丧失掉笑声。伏契克的《绞刑架下的报告》和方志敏的《可爱的中国》,都是在备受折磨的牢狱生活中写成的,但是里面却涌现着大量的幽默感。这种幽默和讽刺,来自对于敌人的轻蔑和对于胜利的信心,来自对事物锐利的剖析。第二次世界大战时,当纳粹崩溃前夜,德国就流行着大量关于希特勒的笑话,这都是人民群众创造出来,预言暴寇的灭亡的。解放战争时期,当蒋介石一伙耀武扬威大肆进攻解放区的时候,革命队伍就给蒋介石起了个"运输大队长"的绰号了。在这种场合,笑声真是一种豪迈、勇敢、力量和信心的表现。

许许多多的因素都可以构成讽刺和幽默,有时仅仅是几笔白描(一击而中要害地道出了事实),就可以产生强烈的讽刺和幽默的效果。更不用说那些精警的譬喻和智慧的隽语了。

恩格斯批评那些重名义不顾实际的人说,如果"把鞋刷子综合在哺乳动物的统一体中,那它决不会因此就长出乳腺来"。仅仅是这么譬喻一下罢了,讽刺和幽默的力量就溢于言表了。

在作品里让人获得笑的享受,决不仅仅是幽默作家的事。既然锐利的观察和成熟的智慧,恰当的譬喻和精警的隽语,都可以产生幽默,照我看来,没有哪一个伟大的革命家、艺术家是没有幽默感的。你从所有无产阶级革命先驱者的经典著作中随时都可以接触到这种幽默。谢德林、果戈理固然擅长幽默,契诃夫、高尔基又何尝不是这样。鲁迅固然是幽默的,齐白石又何尝不幽默!他们之间,不过是性质、程度之别罢了,尽管他们的时代和世界观各不相同。这种情形,使人不禁想到,幽默感似乎是达到一定水平的人所共有的,就正像任何的矿物受到一定的热度都可以从固体化为液体,都可以沸腾一样。

正因为健康的笑料具有力量,能使人更痛切地唾弃腐朽丑恶的事物,更鲜明地辨明某种曲直是非,更牢靠地记忆某种事物道理,……它多么值得我们重视呵!何况在这一切意义之外,笑本身也还有它的增加生活情趣的意义!列宁在《给真理报编辑部的信》中指出，"不时在《真理报》回忆、引证并解释谢德林……，是很好的"。他对幽默作家，对健康的幽默和讽刺的作用，给予多么崇高的评价！

我们的时代是旧世界的事物正在败亡，新世界的事物正在蓬勃成长的时代，不论是在同反动势力战斗方面，还是在深刻揭发真理，为新生事物鸣锣开道方面，我们都异常需要幽默和讽刺这么一种武器。在我们的时代，文学艺术应该能够引人发出更多爽朗的笑声，我们必须有更多"巧妙的手"去搔人家精神上的膈肢窝。我相信，时代的力量一定会催生出许多幽默大师。即使不是讽刺、幽默作家，也让我们的作品在适当之处时常夹有笑料的葡萄干吧！让这些笑料，像露水在草叶上闪光一样，像云母在石头里闪光一样，放射出异彩。如果我们充分认识笑的力量，我们就会进一步去掌握这种力量，努力使人们在哈哈哈的笑声中，进一步认识真理，尊重真理。

艺术力量和文笔情趣

当代和历代的优秀文学作品,大都具有迷人的力量。如果我们稍为注意一下,就会知道"废寝忘餐"和"如醉如痴"这些词语,不但适宜于形容另一些场合人们的精神状态,也适宜于形容文学爱好者,为某些卓越的文学作品的思想艺术力量所感染的时候着迷的情形。不是有些地方,一本传闻遐迩的好书,在阅览室里成为"挂书",在供不应求的情形下,挂在墙上,暂不借出,让人们挨次在那里翻阅,"挂书"底下长期座无虚席么?不是有人在集体旅行的时候,带着一本好书,轮流浏览,像运动场上传递接力棒似的,总有一个人守着那本书,宁可放弃观赏风景和参加海阔天空的纵谈的机会,从早到晚地"排队"阅读么?不是在舟车劳顿的时候,有人一拿到一本好书,就像吞食了兴奋剂似的,振作精神,在车船颠簸的情形下,一连阅读几个小时么?这些年来,我国出现的好些优秀作品,在读者中间就曾经涌现过类似这样的热潮。这种情形,对一切文学工作者都是很好的鼓励;同样的,它也应该激发我们对于自己工作的更加严肃的责任感。

和这种情况形成强烈对照的,是另外有一些作品,并不是怎样的受人欢迎。这些作品,不一定是思想、内容不好,但是由于艺术力量弱,文笔情趣差,就使人读了觉得没有味道。在朋友们私下的谈话中,常常对于某些作品(不管它是长篇小说还是短小的杂文散文)有这样的议论:"写得干得很!""乏味!"这一类的批评,所指的对象往往不是那些思想错误、歪曲生活的东西,而是艺术力量和文笔情趣有严重缺陷的作品。缺乏艺术力量和文笔情趣,文学功能就难免受到影响了。

在重视提高思想和深入生活的前提下,这个问题我想是我们时时刻刻应该关心的。这方面的问题也和其他好些问题一样,深得没有止境。我想:即使对于掌握了圆熟的文学表现手段的人来说,也还有个继续提高的问题。构成艺术力量和文笔情趣,有多方面的条件,即使对于已经具备了若干条件的人来说,也还有个创造新的条件的问题。

这决不仅仅是一个"文字技巧"的问题。某些使人感到"干"、"乏味"的作品,也有些是文字很干净利落的;这也决不仅仅是一个形象地描绘事物的问题,有一些在片断上活龙活现把形象刻划得很好的作品,整个来说,却也有十分缺乏艺术力量的。

文学不但应该以崇高的先进的思想——在我们的时代,也就是以共产主义思想教育人、影响人,概括集中地描绘生活的真实,也还有给人以丰富知识和美的享受的作用。因此,我觉得承认不承认相当部分的文学作品应该具备"文娱性"(或者叫做艺术欣赏功用),对于一个作家来说,和他是否努力提高艺术力量和文笔情趣,有十分密切的关联。承认了这一点,他就会在其他重要前提之下尽量去掌握这些手段;不承认这一点,他自然就不会认真去注意这些了。

一提到情趣、趣味、"文娱性"这一类问题,可能就会有人联想到"资产阶级文学"、"趣味主义"那上头去,其实这完全是两回事。劳动人民有劳动人民的趣味,剥削阶级有剥削阶级的趣味。而且,趣味和趣味主义,正像一膜之隔,区分了瞎子和明眼人似的,也完全是两回事。在崇高思想和健康感情基础上面产生的趣味,和趣味主义完全不可同日而语。

这里提到文学的"文娱性",是以文学和一切逻辑学、哲学、社会科学、自然科学比较而言的,"文娱性",也断然不可离开文学的其他重要作用来单独标榜。如果不承认文学这一方面的功能,上面提到的优秀文学作品使人着迷到那种程度的现象就不容易解释。承认了文学这一方面的功能,一切文学工作者,就得努力掌握发挥这种功能的多种多样的手段。实际上,列宁在《工农国防委员会关于登记舞台与戏剧工作人员的决议》一文中,就提到某些文化教育活动所具有的文娱性质。

人们打开文学作品来阅读的时候,心里叨念着"让我来受点教育""让我来学点知识"的人虽然也有,但未必是占压倒多数的吧。不少的人,大抵都像进剧场、看电影似的,有很大的"遣兴"的作用,有很大的工余享受点饶有情趣的文化生活的作用。这样的读者在这段时间里不去阅读政治文件和知识丛书而来阅读文学,这种"学习"的特殊性必须加以充分估计才好。一个文学工作者要是不注意这一点,怎会对于提高艺术力量和文笔情趣这一类事情,也和深入生活、提高思想一样,有足够的努力呢!

人们抱着"遣兴"的态度来阅读文学,并不影响文学发挥它的正当的功能。列宁逝世之前不久,卧病床上的时候,还要夫人诵读杰克·伦敦的小说《热爱生命》给他听,并曾经表示称许。我们想一想,如果这篇小说只有思想、形象,而没有魅力、情趣,那是绝对不可能受到列宁这样的欣赏的。

在一些富有吸引力的、思想艺术水平都很高的作品中,不管是短小的作品也罢,长篇的作品也罢,它们总有这样的特点:被先进的崇高的思想贯串着,闪耀着饱满的生活知识的光辉,平凡的事物也被描绘得引人入胜,奇异独特的事物在这样的情况下就越发光彩照人。读这样的作品，令人有"山阴道上，应接不暇"的感受，强烈的新鲜感、优美的文采吸引人一路阅读下去，在字里行间不断地让人看到生活、智慧和艺术的闪光……。

把这一类作品和那些"干"、"乏味"的作品比较一下，就可以发觉，优秀的作者，是由于在思想、生活知识、语言技巧等方面都达到较高的境界，而且这些方面的要素互相配合，水乳交融。多种多样的表现手段使得作品饱含魅力和情趣横生了。

许许多多方面的条件，产生了这种魅力和情趣。

譬如说：栩栩如生、奕奕传神的形象刻划，就是具有这种迷人力量的。这正是那种一生一旦精彩地对唱半天的戏曲能够那么吸引人的关键之一。能够把"同中之异"描绘出来，任何时候都能够给人以强烈的新鲜感。

概括，集中，强烈，可以产生这种魅力和情趣。"万里悲秋常作客，百年多病独登台。""梦里依稀慈母泪，城头变幻大王旗。"那样的诗句，所以一下子就把人引进诗的境界，强烈不正是一个要素吗？概括、集中、强烈的东西，能够使人像登山俯瞰江河似的，有把平时不容易见到的事物尽收眼底的痛快淋漓之感，这就正是一种艺术力量。

亲切的肺腑之音，流露作者个性的独特语言，强烈的抒情，不用说同样具有这种魅力和情趣。它使人如和故人对坐，听着娓娓动听的言谈，整个心灵都被抓住了。作品中丰富的知识和新鲜的事物，也产生这种魅力和情趣。它把人引进一个新的境界，读着读着，仿佛眼睛也明亮了。

智慧横溢的警语，它们或者抨击丑恶，或者歌颂光明，或者赞美某种品德，或者揭示一些哲理，也同样产生这种魅力和情趣。各个民族古代流传的精彩的谚语格言，我们只要读上几句，常常就给吸引住了。因为那是理性的强音和智慧的虹彩！作品中常常有这样的警语出现,就很像云母使石头发出闪光一样了。

卓特美妙的譬喻,也产生这种魅力和情趣。好些平常的事物,在卓越的作者笔下妙趣横生,他们借助的重要的手段之一,就是运用譬喻。古代诗人形容大雪纷飞,说是"战罢玉龙三百万,败鳞残甲满天飞"。形容贴梗海棠的艳丽,说是"八万四千天女洗脸罢,齐向此地倾胭脂"。这都一下子就把平凡的事物渲染得瑰奇起来了。譬喻,真是语言艺术中的艺术哪。

幽默,也构成艺术魅力和文笔情趣。一句幽默的话从作品中涌现,真像是使人接触到一股喷泉似的,精神不禁为之一振。洞察事物,掌握矛盾,揭发奥秘,形容尽致,都可以产生幽默。卓越的思想家和文艺家,照我看来,没有一个是没有幽默感的。

文采,同样的产生艺术魅力和文笔情趣。丰富的词汇啦,生动的口语啦,铿锵的音节啦,适当的偶句啦,色彩鲜明的描绘啦,精彩的叠句啦……这些东西的配合,都增加了文笔的情趣。工整优美的律绝和对联,所能够给人的美感,常常超过表达同样内容的散文句子。在这里,就显示了文字不但表达了内容,而且形式美也对内容起着一定程度的反拨的作用。

像这一类例子,我想每一个文学工作者,都可以举出很多的。本着学习和探索的态度,从一些历代和当代的优秀的作品中,我只是尝试找出几项来谈谈罢了。

被先进的思想的红线贯串着,以深厚的生活为基础,这一切因素以及许许多多值得我们探索的其他因素互相作用着,构成了思想艺术的力量和文笔的情趣。

情形很清楚,掌握越多的手段;描述事物也就越能够曲折尽意,就越能够在描述同样事物的情形下给人以越多的艺术感受。

而这一切手段的努力掌握,和全面认识文学的功能是密切关联的。认识它的一部分的功能,就只会去掌握一部分的手段;认识它的全部的功能,就会去力求掌握全面的手段。虽然这种手段对于每一个人来说,都是一生一世也学不完的。但是努力去掌握它,"枯燥""干"的缺点总是可以逐渐克服,艺术本领总是可以逐渐提高的。这样说,不知道对不对?

爱友·诤友

读一些卓越艺术家的传记和笔记,我有一点印象是很深刻的:凡是这一类人,都必定对于杰出的同行具有敬爱之心,把这些同行引为他们的爱友、畏友和诤友。至于对历史上出色的先行者呢,更是表现得异常尊重。什么"文人相轻",什么"同行如敌国",根本不是这一类艺术家的特征。自然这一类艺术家也有他们所瞧不起的人,对于那些敌视人民,势利骄横,虚有其表,"称王称霸"一类人物,他们才会是真正鄙视的。

明代的徐渭(文长、青藤),诗、画都很出色,至今江南地区,还流传着许多"徐文长故事"。清代的郑板桥,对他佩服得不得了,自己刻了一个图章,文曰:"徐青藤门下走狗郑燮。"以世俗眼光看来,这是相当奇特的。谁知,这事竟又感动了后世的齐白石,他对于徐青藤的才能,也是倾倒到不得了的。齐白石说过这样的话:"青藤、雪个、大涤子之画,能纵横涂抹,余心极服之。恨不生前三百年,或为诸君磨墨理纸,诸君不纳,余于门之外,饿而不去,亦快事也。"又有一首诗说:"青藤雪个远凡胎,老缶衰年别有才。我欲九原为走狗,三家门下转轮来。"他也学郑板桥的样子,自称为"走狗"了。从精神上去领会,可见这位老人对于前代杰出画家的衷心佩仰。

在齐白石的自述中,提到他和吴昌硕、陈师曾、徐悲鸿、梅兰芳等人的交谊,也是很令人感动的。他对这些杰出的艺术家都怀着深深的敬意。在《题陈师曾画》中,有这样的句子:"君我两个人,结交重相畏。""君无我不进,我无君则退。"有一首写给徐悲鸿的题画诗这样道:"少年为写山川照,自娱岂欲世人称。我法何辞万口骂,江南倾胆独徐君。谓我心手出异怪,鬼神使之非人能。最怜一口反万众,使我衰颜满汗淋!"从这些诗里面都可以想见他们之间互相敬重的程度。梅兰芳跟齐白石学画,经常为齐白石磨墨铺纸,学得差不多了,齐白石见了很赏识,有时竟也有请梅兰芳绘画为赠的愿望。四十年前,在某些热闹场合,齐白石因为衣着平常,有时谁都不加理睬;但是梅兰芳一到,却总是很恭敬地和他寒暄,使得"座客大为惊讶"。因此,齐白石十分感动,画过一幅《雪中送炭图》赠给梅兰芳,还题上这样的诗句道:"记得前朝享太平,布衣尊贵动公卿。如今沦落长安市,幸有梅郎识姓名。"

从这里摘述的事迹,可以见到这些优秀艺术家之间彼此尊重友爱的关系,他们绝不是"文人相轻"(当然也不是互相标榜),这种例子在中外古今是随处可以找到的。

谈到古代,令人不禁想起杜甫和李白的关系,他们的确像一个"双子星座"。在他们两人的诗歌中,对于前代的卓越诗人,表现了多么深沉的景仰!而他们彼此之间,又是保持着多么真挚的友爱关系呵!"白也诗无敌,飘然思不群。"从杜甫的诗中可以见到他对李白倾倒到什么地步。而李白,对于一个比自己小十多岁的青年诗人,也引为至友,结伴远游,我们同样可以想见他对杜甫的器重。怪不得他们之间的这一段友谊,千余年来一直被人传为美谈了。

欧阳修和苏轼的关系也是一个好例子。苏轼到首都参加进士考试的时候,欧阳修是考官。苏轼那篇《刑赏忠厚之至论》的应试文章,大得考官赏识。因为苏轼在文章中写上出于自己揣测猜想的一段话,欧阳修不明来历,等到放榜以后,特地找他来问,问明了这原是"想当然耳"的没有来历的"典故",也不过一笑置之。此后,在悠长的时期当中,欧阳修和苏轼之间都保持着很好的互相尊重敬爱的关系。两人在笔记和诗话中都一再提到对方。苏轼还曾经为欧阳修的文章泐石。欧阳修不止对苏轼,对许许多多同时代人的学识才力都是异常尊重的,这从《六一诗话》中就可以充分见到。一直到晚年,他都保持着这种谦逊的态度,写文章常常"怕后生笑",非再三地修改不可。

这一类的例子在外国也是很多很多的。读高尔基的笔记,可以看到:他和托尔斯泰、契诃夫同在一起,互相赏识对方的才能,纵情地谈论社会生活和文学艺术,契诃夫有时还去揪托尔斯泰的胡子那一类的记载,同样使人深刻地感到他们彼此之间的友爱和尊重。

……………

为什么伟大的艺术家之间,常常有这一类的轶事呢?我想这里面很包含了一些道理。

凡是优秀的文艺家,他们总是比较多地接受了人民的影响(自然这里面仍然有程度之分,各人由于所处时代的关系,又各有其局限性,有些还是局限性很大的),对于人和人之间较合理的关系有一定的愿望和追求,因此,他们对于飞扬跋扈、意气骄横、傲视一切、鄙薄群伦那一套花样缺乏兴趣。这决定了他们和群众的关系,也决定了他们和比较优秀的同行之间的关系。

凡是优秀的文艺家,总是下过苦功夫,知道辛勤劳动的滋味的,因而也就比较能够尊重旁人的劳动,不会随意抹煞同行的劳动。我们知道,尊重旁人的劳动原就是劳动人民的美德之一,优秀的文艺家,就在若干程度上受到这种美德的熏陶。

凡是优秀的文艺家,又必是深刻知道"广师求益"的重要的(不然他就优秀不起来)。因此,他总是比较地能够知道人家的长处和自己的短处,即使对于普通水平的人,他有时也可以向他们学习到一点什么,更不要说对于优秀的同行了。这样的学习观点也决定了他和劳动同伴之间相处的态度,不可能是"唯我独尊"的。

一个"目空一切",藐视所有同行的狂妄者,如果他竟是个文艺家,他的文艺必无可观。就是有一点可取,顶多也只能是勉强爬上门槛的角色。瘦子的衣服格外需要垫肩,骄横狂妄,不过是这一类人物精神上的垫肩品罢了。他们的艺术创造所以不可能真正的卓越,那道理,和上面讲到的道理,正是二而一,一而二,一脉相通的。

旧时代,当许多文艺家根本谈不上学习马克思列宁主义,谈不上确立完整的为人民服务的观点的时候,他们中间的优秀人物,就能够建立起互相尊重友爱,互相学习提高的良好关系,以至于长期成为人民群众间的美谈。今天的革命文艺界,在彼此的关系上,自然更应该发扬崇高的风尚了!

文学艺术与自然科学

描写人物事件,有时离不开描写自然。但是今天我们在谈这个问题的时候,意义已经不仅仅像古人所讲的"多识于鸟兽草木之名",而是要求具备多方面的自然科学知识。

在我们这个时代,自然科学取得了极大的进展。物质构成的基本单位是极小的原子,人已经掌握它的内部秘密并加以运用了;最大的莫如宇宙,人已经乘坐火箭进入宇宙空间了。过去认为完全是个谜的南极北极,科学家现在已经能够长期在那里从事研究工作了。地球上最高的山峰,我们的登山队员依靠现代的装备,已经攀登它的峰顶了。最深的海渊,潜水艇已经直达它的底部了。最复杂的高度发展了的物质莫如人的大脑,最奇特微妙的现象莫如生命的现象,现代科学已经对这些都作了极其深入的研究,人不但能认识大脑的一般构造和机能,并且发现了"脑电能";人的胚胎在母体之外的培养,原始活质的创造,都一步步地揭开了生命现象的奥秘……。一切科学部门,都正在大大加速它的发展的进程。在我国,人同自然斗争的规模也是极其巨大的,反映生产斗争的状况,已经越来越在我们的文学艺术、新闻报道中占有重要的地位。形势逼人,这些事物,你不接触它也得接触它,你本来并没有准备反映它也得反映它。从事文艺或者新闻工作,没有一般的自然科学知识，是越来越不能适应当前工作的需要了。

我们这一代的文艺工作者，一般的自然科学知识比较起前一代来已经有了提高；但是和客观形势的要求比较起来，却还是不能适应。由于自然科学知识不足，在某种场合下，这就相当地影响了工作的质量。有一些摄影记者去拍摄工厂烟囱的时候，不拍摄那些燃料燃烧得很好、吐着白烟的烟囱，却拍摄那些由于燃烧情形不好，存在着浪费，冒着黑烟的烟囱。从这些事情中已经可以充分见到自然科学常识不足对工作的损害了。有一个搞文学的朋友，在海上见到水母时竟不知道那是动物还是植物；若干写诗的朋友，屡次把高炉和平炉混为一谈。像这些例子，并不是极个别的。这就向我们敲起了警钟，非学点自然科学不可。

学点自然科学，不是为了在报道或描写工厂、科学实验室时，写下大堆机器、仪器的名称。相反的，只有懂得一些基本知识，才能够在描写这些事物时，不开列一串使人头痛的名词清单，而能够作清晰的扼要的描述，在"骨节眼"上作出生动活泼的说明。"文字的暧昧由于思想的朦胧"，只有思想上十分清晰，才能够以畅达美妙的文字表达出所要描述的一切，也只有在充分了解描写的对象的时候，才能够运用通俗的形式来表现它。

即使我们自己不动手写，而是在做着文学、新闻编辑工作吧，学点自然科学知识，现在也越来越成为急需的事情了。因为如果不是依靠这方面的一定的基础知识，就缺乏一把尺来量度稿子中有关这方面的材料，准确地认识它们或者发现它们可能存在的错误。

学点自然科学，在某种场合，还大大有利于增加文学艺术描写和新闻通讯的形象性，缺乏细节描写，还有什么生动可言呢？我们从鲁迅、契诃夫的小说和散文中看到一些关于医疗场面的精确生动的描写，这是和他们丰富的医学科学知识不可分开的。我们从伊林的通俗科学著作、高士其的科学小品中常常可以读到一些诗意浓厚的章节,这也是和形象地描绘事物不可分开的。

再从运用辩证唯物主义的观点、方法来观察研究事物这方面来说,学习自然科学也是用处很大的。"学问像一个网,网孔与网孔间处处相联。"只有"由博返约",这个"约",才具有思想上的高度概括性和系统性。辩证唯物主义原是在近代自然科学、社会科学充分发展的基础上诞生的。在较前的历史阶段,当不少科学部门还是很落后,而仅仅是力学等部门较为发达的时候,就不可能有成熟的辩证唯物主义思想,而只能产生机械唯物主义。现在我们要巩固地树立无产阶级世界观,真正能够运用辩证唯物主义去观察、研究、分析、处理事物,虽然不一定要去涉猎一切部门的科学知识,但是各方面丰富的知识有助于我们学习辩证唯物主义,道理却是清楚不过的。恩格斯花费那么巨大的力量去写《自然辩证法》;列宁说过"只有用人类创造的全部知识财富来丰富自己的头脑,才能成为共产主义者"一类的话,那道理,都是不难索解的。

学习自然科学与提高思想水平的关系,这里试再举些小例子说明一下。我们知道,绝对化、简单化的形而上学观念是很害人的。而丰富的科学知识,加以很好的总结,却总是能够提供活生生的范例来击败形而上学。例如:动物有它的一般的常规的性格,但是在发情、产子、衰老时,性格又往往发生变化。一般哺乳类动物是胎生的,但是鸭嘴兽却偏偏是卵生的;一般爬行动物总是卵生的,但有一种高山蜥蜴却又是胎生的。一般动物总是雌性带子,但海马等生物却是雄性带子。一般鸟类是会飞的,但鸵鸟、"几维"等偏不会飞;一般兽类是不会飞的,但鼯鼠、飞狐、蝙蝠等却又能够作滑翔式的飞行……请看这么一些事例,它们不正是致形而上学观念于死命的厉害的战士吗?

因此,不论是从提高思想水平,掌握辩证唯物主义去观察分析事物这方面来看，还是从运用辩证规律到艺术创造这方面来看，广泛的知识都是极其重要的。这里面，自然科学是一个重要的构成部分。

根据自己的一点肤浅体验，我以为重要的是必须首先在思想上重视学习这一方面知识，培养强烈的求知欲。有了这个前提，一个人就会随时随地像一块海绵吸水似的吸取各种知识，并像一只反刍动物在"反刍"一样，把他获得的知识反复咀嚼，不断地进入"由博返约"和"以约驭博"的思考过程，这样，概念就会不断地丰富和清晰起来，记忆也就会越发巩固。在工作忙碌的情形下，我们一般读书的时间不可能很多，但是有了认真的学习态度，久而久之，就终究会学到不少东西。

对事物理解得越深就越能产生兴趣，因此，激发兴趣，使自己一步步深入科学的领域，是十分重要的。旧中国的自然科学教学大抵是枯燥无味和缺乏体系的，这使得许多后来不研究不从事理、工、医学的人，大抵把一些基本的自然科学知识抛之九霄云外。现在我们重新学习基本知识，首先要读一下优秀的通俗自然科学的著作。我国"科普"编刊的一些书籍，外国著名的通俗自然科学作家，像伊林、海登、郎之万、法布尔等的著作，就颇有吸引人的力量。读一些著名自然科学家的传记，像伽利略、佛兰克林、巴斯德、达尔文、居里夫人、米丘林、巴甫洛夫等人的传记，对我们搞文艺的人来说，是会格外感到亲切的。而这些书籍，"以人系事"，也可以使那些自然科学道理上的"事"，通过这些人物的生平事迹，给予我们更加深刻的印象。

系统地认识事物，记忆才能够比较牢固。这种教育心理学上的道理，也适宜于我们自己进行学习时加以运用。对于自然科学的知识，要想加深了解和记忆牢固，必须系统地掌握它们。看起来（事实上也是这样），这类知识好像浩如烟海，但只要"提纲挈领"，抓住了那个纲,就可以"纲举目张",让我们理解它的梗概。譬如天上的星辰,看起来令人眼花缭乱,但是天文学家把那些肉眼可见的星分成几十个星座,就使它们"各归各位"了。而认识了一些最重要的星座之后,也就可以从星辰来辨认方向和时序了。许多许多的学问,都是这样。所以,像《博物知识》《人类认识物质的历史》《达尔文主义基础》《猿怎样变成人》这一类具有巨大概括性的书籍,我们就格外需要学习。当知识有一定的系统性之后,吸收新知识的能力也加强了。正像有了一个"灯笼架子"以后,许多的纸片都可以糊到灯笼上去一样,有了一个系统的概念,零碎的知识也就可以一一"归档",保存到记忆的宝库里了。自然,这种学习应该是同随时随地零碎的学习并行不悖的。

注意观察、体验也可以加深我们的自然科学知识。有一些花匠比高等学校植物专业的学生认识的植物名字还要多,道理就在这儿。在农村、工厂、工矿展览会、水产陈列馆、动物园、植物园,随时注意观察新鲜事物,并以它们和自己已经获得的书本知识互相印证,或者进而去查考专书,这样随处进行的直观学习也将有助于记忆的巩固。

总之,我们需要有一般的广泛的自然科学的知识,并在这个基础上,视我们工作的需要加深对某一些学科的系统研究和了解。现在,这方面的知识和文艺工作的关系是越来越密切了。

掌握语言艺术　搞好文学创作

　　《毛主席给陈毅同志谈诗的一封信》公开发表了！它不但将对我国新诗的革命发展产生一定的影响，而且对文学艺术的各部门也具有相当的指导作用。从这封信的总的精神，即强调要搞好某一方面的工作，就必须努力掌握那一方面事物的客观规律，就要在共性的基础上充分掌握它的特殊性，要力攀高峰，永不自满这些方面来看，那对于一切战线的革命工作者又都是意义深长的。

　　从事某一领域的工作，就要在共性的基础上努力掌握好这个领域的特殊性。而且，像古代哲学家所说的："'两'之中又有'两'。"同一领域的事物，甲部门和乙部门又各有其特殊性，充分掌握它们，困难就可以较易解决，工作就可以比较顺利。这封信，就阐述了语言艺术、形象艺术的许多特殊性。

　　在这封信中，毛泽东同志谈到了"反映阶级斗争与生产斗争"这些关于诗歌内容方面的事情，但是大多数篇幅却是谈论诗歌的声律、特点、表现手法等形式和内容的辩证关系。联系他的其他的文艺著作来看，在高度重视作品的政治思想和生活内容的前提下，也高度重视作品的表现手法和艺术形式。这对我们有相当的启发。思想、内容、技巧这三者的辩证关系必须充分掌握。认识上有偏颇，就必然影响作品的质量。只重视后者而忽视前两者，固然糟糕;只重视思想、内容,而不注意表现手段、艺术形式,也必然要使作品难产、畸形,或者逊色。这封书信又一次为艺术领域的工作者敲响了警惕的钟声。现在颇有一些人,以为只要有了思想和生活,就万事大吉,一切自然水到渠成,技巧形式之类的事情,只是细枝末节,微不足道。甚至看到人家一谈艺术技巧、艺术形式之类的事情,就认定是"技巧主义",钻牛角尖什么的。这真像有些人"不知稼穑艰难"似的,可以说是不知写作的艰辛。如果艺术形式和表现手段之类的事情真是这样的微不足道,那还需要办什么艺术院校?还需要什么艺术理论?同样用一种质料做成的工艺美术品,譬如说一头象吧,一匹马吧,那塑造得活龙活现,生动传神的,令人爱不释手;那塑造得不好的,却没人问津。内容固然决定形式,形式也反过来影响内容,这才是辩证法。

这封信中三次提到"形象思维",可以说是语重心长,充分强调形象思维在诗歌,在文学工作中的重要性了。文学本来就是形象的艺术。鲁迅青年时代留学日本,回答章太炎关于文学的定义之问时,曾经这样说:"文学和学说不同,学说所以启人思,文学所以启人感。"这话的意思,我想大体是:理论是直接诉诸人的理性的,而文学则要求以形象激动人家的感情,然后启发读者去思索。"启人感"的"形象的艺术",如果是形象干巴巴,那还行么!笔尖下要写出形象的东西,脑子里如果没有一系列活龙活现的形象,那还行么!形象这东西,由于它激发起人们对自己早有若干体验的现实生活的联想,是很有吸引人的力量的。文学要求描绘事物鲜明生动,栩栩传神,活龙活现,维妙维肖,诗歌更要求以极简炼的笔墨,寥寥数笔就给人以丰富的形象的感受,如果作者不是意境存在于作品中言语之先,脑子里早就有一系列生动具体的形象,又怎能写出活龙活现的东西来呢!这封信再三强调了形象思维的重要性,我以为不仅是对于写诗,对于一切文学工作者也都是很有启迪意义的。"文化大革命"前后,曾有个别人对形象思维提出责难,这本来是可以争鸣、探讨的,但是"四人帮"进而从中插手,把形象思维这种提法骂得狗血淋头,仿佛这也是十七年广大革命文艺工作者的罪状之一,想给当年一出世就摇摇欲倒的支离破碎的"文艺黑线专政"论添上一根支柱,仿佛一提形象思维,就是不要马列主义指导,不要世界观改造,而进行形象思维的人在另一种场合就决不能再有逻辑思维、抽象思维似的,这真是荒唐而又可笑,蛮横而又无知。对此,当时文学界的同志们谈起此辈谬论,早就摇头失笑了。

  强调形象思维的重要性,实际上也就是指出得掌握文学的特点来从事文学创作。形象来源于感性知识,强调形象思维,也意味着强调了生活实践。

  这封信中又提到写诗"……比、兴两法是不能不用的"。"比者,以彼物比此物也","兴者,先言他物以引起所咏之词也"。这也就是讲了譬喻、形容、联想这些事情在文学工作中的重要性。文学是语言的艺术,正像音乐是声音的艺术,绘画是运用线条、颜色描绘形象的艺术,舞蹈是形体动作的艺术的道理一样。没有熟练的语言功夫,就谈不上搞好文学,正像不能熟练地掌握挥动球拍,就难以打好乒乓球的道理一样。语言的艺术,包括丰富的词汇,对于词的性能的高度敏感和准确掌握,形容比喻的创造性运用,对声调的体会,表达时使语言和谐优美等等。运用熟练的语言,描绘动人的形象,以宣传先进的思想,就能够使"文"和"质"相称,发挥语言艺术的感人力量。要是语言结结巴巴,单调乏味,或者艰涩平板,毫无光泽,那么,即使有好的内容,艺术感染力也就要打个折扣了。而在语言艺术的广泛内涵之中,形容、譬喻可以说是一个十分重要的因素,从古到今,伟大的作家、诗人,没有一个不是擅长运用形容、譬喻的,卓越的民歌手,也没有一个不是精通此道的。精彩的譬喻,仿佛像童话里的魔棒似的,它碰到哪里,哪里就忽然清晰明亮起来。一个精彩的譬喻,你看上一次有时甚至可以铭记终生。恩格斯说杜林的著作像是一个大大的酸果,高尔基形容美国的大资本家仿佛"有三个胃袋和一百五十枚牙齿",鲁迅骂那些反动家伙做"人面东西",说反动派封锁革命作家并想随时加以杀害,形容此辈把革命作家当做"罐头食物"。这些卓越的譬喻,令人看过一次就永远记牢。出色的民歌手,运用譬喻的本领自然也都很高强。例如说"比"吧:"一把芝麻撒上天,我的山歌万万千,南京唱到北京去,回来还唱几十年。""放开喉咙唱山歌,我的山歌牛毛多,唱它三年三个月,只唱一只牛耳朵。"都是出色的比喻,在互夸海口之中增添了不平凡的情趣。当代民歌手的警句如:"要学蜜蜂共酿蜜,莫学蝴蝶自采花。""莫学大雁打旋转,要学雄鹰万里程。"描写丰收的田园景物的如:"沙果笑得红了脸,西瓜笑得如蜜甜,花儿笑得分了瓣,豌豆笑得鼓鼓圆。"香味,水滴,仿佛也写出来了。我以为都是相当精采的。譬喻和形容的艺术魅力,值得我们深深记取,从而进一步掌握语言艺术的本领。

　　这封信中,又谈到"不讲平仄,即非律诗"。讲的虽是律诗方面的事,我想对于从事文学其他样式创作的人,也很有启迪意义。诗歌从先秦时代一直发展下来,从三言、四言、五言……发展到形成五七言的律、绝,诗的形式逐步严谨,按照律、绝的格式写成的诗,中规中矩,就必然具有抑扬顿挫,音韵和谐之美,一般都具有易诵易记的特点。这种音韵之美对旧体诗固然是它的重要特征,对于新诗难道不也是相当重要的吗?毛泽东同志说的"但用白话写诗,几十年来,迄无成功",我以为指的是从整个来说(不是就个别人的成就来说),新诗的形式始终未有形成比较完美的一套。新诗一般不能背诵,是一个很严重的缺陷。精采的旧体诗词,精采的民歌,读三几次,甚至过目一次就可以背诵;但新诗能够让人家过目成诵的真是少得可怜。如果不能突破这个雄关,新诗的命运总是不大美妙的吧。文学是语言艺术,诗尤其是语言艺术的尖端,诗而无语言艺术的魅力,岂不糟糕！新诗的比较完美的形式要迅速地形成,一定不能割裂中国诗歌发展的传统。一定得注意精炼、押韵、大体整齐,向古典诗歌和民歌学习。这封信再一次指出"将来趋势,很可能从民歌中吸引养料和形式,发展成为一套吸引广大读者的新体诗歌",的确是语重心长的。世间许多事物,总有个继承、扬弃、发展的关系,无源之水不能长流,无根之木难以生长,古人论诗,常常讲到"有本有则",在这个基础上,才谈得上创造革新。新诗发展的道路,大概也应该是这样的吧！很希望新诗领域多出一批闯将,多向民歌和古典诗歌学习,加速推进新诗的比较完美的形式成长的历程,使歌唱无产阶级革命斗争、革命思想的新诗能够插上轻快飞翔的彩翼。

"有本有则",借鉴、扬弃的道理,不仅对于诗歌是重要的,对于其他一切文学体裁的创作,我想,也都是重要的吧！至于声调音韵之美,抑扬顿挫,对诗歌固然很重要,对其他文学体裁,甚至对于一般理论文章,难道就毫不相关吗？一句话当中尽是仄声字,或者一联串句子,结尾的字都是平声或仄声,读起来或者烦腻,或者拗口,也是不大美妙的。我以为分辨平仄,尽量使文字写得顺溜些,和谐些,只有好处,并无坏处。辨别轻清的平声和重浊的仄声,并不需要费多少的劲,运用得当,却可以增加文字的声音节奏之美。梭镖上有红缨,战旗上有飘带,自然大抵是装饰,但难道不也可以使梭镖和战旗更使人喜爱吗！

毛泽东同志对唐代诗人,较多地喜欢李白、李贺的诗,这是大家所熟知的。在这封信中,又对李贺的诗作了颇好的评价,说"李贺诗很值得一读"。这二李的诗都挺有特色,不同寻常。写出"我本楚狂人,凤歌笑孔丘","君不见黄河之水天上来,奔流到海不复回"一类句子的李白,写出"衰兰送客咸阳道,天若有情天亦老","黑云压城城欲摧,甲光向日金鳞开"等句了,认为"笔补造化天无功"的李贺,可以说都各各在一定的思想性(本着历史唯物主义的观点来看),和比较多方面的生活体验的基础上,充分发扬了自己的特殊风格。他们的作品,敢于直抒胸臆,倾注感情,瑰奇、新颖、奔放、独特,色彩浓郁,豪情洋溢,各各达到了很高的境界。这些在中古时代曾经被喻为"诗仙""诗鬼"的人的诗篇,受人喜爱的道理是不难索解的。李贺那种敢于针砭时弊,嘲笑方术,直呼嬴政、刘彻等帝王名讳的勇敢精神,加上那种千锤百炼,不奇不休的写诗态度,使得这个年纪轻轻就去世的诗人和李白、杜甫等大诗人一样,在中国的诗歌史上独标一格,自成高峰。这种在严谨锤炼的基础上发展起来的纵横驰骋、瑰奇独特的风格,是很值得赞美的。一千多年前一个二十七岁就去世的诗人的作品会赢得后世无数人由衷的赞美,这个道理十分耐人寻味。这也可见卓越的艺术生命力的悠久和文学创作发扬独特风格的重要。

总之,这封信里谈到的许许多多事情,都和掌握语言艺术的特点有关。革命的精神,正确的思想,丰富的生活实践自然都十分重要,但是如果不好好掌握语言艺术的特点,作品还是会因而逊色甚至功败垂成的。在掌握矛盾一般性的基础上进而掌握矛盾的特殊性,从事某一领域的工作,就要努力掌握那一个领域工作的特殊性,掌握得越全面越好,掌握得越精通越好。干任何事情,从打仗到炼钢,从种田到写诗……道理大抵都是这样的吧。

一九七八年一月

辩证规律在艺术创造上的运用

辩证规律贯穿于万事万物之间,这是我们所熟知的。那么,反映生活的艺术作品,要达到成熟的境界,要"臻于上乘",作者不仅应该具备一切必需条件,以辩证唯物主义的观点来体验、观察、研究、分析事物,还应该自觉地在艺术创造上掌握运用辩证规律,这是自然不过的道理。清澈的池塘怎能不反映着太阳的影子呢?生机蓬勃的种子怎能不受到土壤里一切刺激生命成长的因素的影响呢?

列宁说过:"在任何一个命题中,好像在一个'单位'('细胞')中一样,都可以(而且应当)发现辩证法一切要素的萌芽,这就表明辩证法是人类的全部认识所固有的。"在艺术创造这么一个命题里,自然可以而且应该揭露出辩证法的一切要素。

辩证唯物主义指出事物是联系的、发展的,而发展是从量变到质变,发展就是对立的斗争。这些,是普遍存在的辩证的规律。

从事物存在普遍联系这一辩证观点来掌握艺术创造的法则,我们可以清楚地看到:思想、生活知识、艺术技巧这些方面,它们虽然各有相对的独立性,但是又是互相紧密联系着的。思想是统帅,是灵魂。缺乏一条思想的线,生活知识的珠子就没法串得起来。而完全离开思想的艺术技巧,是并不存在的。不仅选材布局的技巧,受一定思想水平的支配,而且即使是在语言艺术上,也是受一定的思想认识的影响的。人只有在认识透彻的时候,才能够说出清晰的、有力的语言;只有在感情激越的时候,才能够说出新鲜、感人的语言。有一些平时并不很会说话的人,在他受到巨大震撼,异常欢乐或者极度愤怒的时候,却往往能够说出十分警辟的言语。这种情形,就很好地印证了刚才提到的道理。

在具备先进的思想的前提下,依靠饱满的生活积累,又能够把这种思想更好地表达出来。这正像一些擅于运用譬喻的人,能够把一般道理说得十分动听一样。而卓越的艺术技巧,又可以反过来赋予思想和素材以一个完美表达的形式,加深它的感染的力量。

这些方面,彼此正是这样紧密联系着的。

因此,有一些人,虽然思想深刻,是思想家,但却不是艺术家。

有一些人,生活阅历很丰富,讲述起往事来还吸引人。但是由于他们并没有用艺术手段表达那一切,他们是"阅历丰富的人",而不是艺术家。

有一些人,文法知识很丰富,懂得怎样准确和合于逻辑地表达意思,或者也写过有关这类道理的一些书。但是他们并没有写下什么文学著作,他们是文法家,并不是文艺家。

只有当思想、生活知识、艺术技巧这几方面都达到相当水平,并且水乳交融地互相结合的时候,才能够产生真正的艺术。这情形很有点像化合物。几种元素构成了一种化合物,有些元素需要多些,有些元素在比例上可以少些;然而它们各各是必需的元素,少了一种,就不能出现某一种化合物。

就是在生活知识这么一个问题上,直接知识和间接知识之间,也存在这种互相影响的辩证关系。谁都知道:自己亲身体验的生活,记忆是最深刻的,形象是最鲜明的。一个直接知识贫乏的人,即使读了很多的书,也可能只是一个书呆子。瞎子摸象,终究弄不清大象的具体形貌。只有具备一定的直接知识的基础,才能够充分吸收间接知识,并且把它们变成有血有肉的智慧。就正像一个消化能力旺盛的胃袋,才能够消化比较坚韧的纤维一样。但是,在具备了相当的直接知识的基础上,间接知识又可以加深直接知识,使原来对事物的印象更加清晰、完整和系统化起来。艺术创造离不开在深厚的生活知识的基础上进行想象、虚构、概括和加工;必须把直接知识放在头等重要的位置上是一回事,但是对间接知识却不能因此就等闲视之。它们实际上是不断地互相影响的。

所有这一切"联系"的道理,都说明进行艺术创造所根据的一切必需条件;尽管我们在掌握它们时有主从先后之分,然而在终极意义上,它们却是一个完整的整体。这些道理告诉我们,顾此失彼是不行的。应该知道什么是主要的关键,什么又是比较次要的。但仅仅这样还不够,还必须明确地弄清:主要并不是"唯一",次要并不是"无足轻重"。既要注意不断提高思想水平和丰富生活知识,又要注意不断提高艺术技巧。而且,即使是在某一方面的事物中,也存在着许多复杂的联系,上面提到的直接知识和间接知识的互相影响之类就是例子。

思索着这么一些道理,我深深地感到:艺术工作者多么需要勤奋!我们应该掌握多方面的手段,而不可满足于"单一手段";学习的范围应该宽广,而不宜流于狭窄。我们一方面应该唾弃技巧主义,而另一方面,又万不可以轻视技巧。

再说,如果我们从运动和发展是一切事物的普遍规律这一个观点来探索艺术创造上的问题,就会深切地感到:不批判地继承传统必定是不行的。无源之水,无根之木,终究难以长远存在。"五四"以来,某一部分和中国历代的诗、词、民歌的优秀传统不发生任何联系的白话诗,和某一部分欧化的小说所以不受群众欢迎,那道理,不是也很可以从此中索解么?另一方面,墨守成规,不敢勇于创造也决然是和客观事物的发展规律不能相容的。不断发展的生活就要求不断发展的艺术形式来体现它。

事物不断运动发展的道理也反证了在艺术创造中,灌输理想精神的重要。譬如射鸟,要射中飞动的鸟,箭在发射的时候应该朝向当时疾飞着的鹄的之前,才能够恰到好处。不能够高瞻远瞩,展望未来,壮大新生事物声势,灌输理想精神的艺术作品,就免不了陷于平凡以至庸俗。

从量变到质变是事物发展的普遍规律。从这么一个辩证观点来考察艺术创造上的问题,我们会更深地感到:重视积累,重视酝酿,讲究分寸,"量体裁衣"这一类事情很必要。各种文学体裁都各有它的长处,也可能存在"尺有所短,寸有所长"的状况。面对各种性质和内容的素材,分别以适当的形式来表现它,是最好不过的。丰富多彩的生活,要求我们掌握多种多样的艺术形式,以便"兵来将挡,水来土掩"。那种把各个文学体裁分列高下的观念不用说是十分错误的。有人说我们应该向玉工学习,他们把一块璞玉拿到手里,端详它们的大小形状和颜色纹理,然后因材雕琢,制成各种各样灵巧的形象。我们也应该因各种各样素材的不同而擅于运用多种的艺术形式。即使在一种艺术形式之中,由于题材的不同,在表现上也应该勇于创造,不拘一格。

量变到了一定程度产生了质变。水的液态、固态、气态就是很好的一个例子。在表现事物上,我们也应该这样地"师法自然"。各地戏曲中有无数这样的例子。本来,戏曲表演是很讲究文雅的。一般状态的悲伤、恐惧、喜悦、愤怒,用一般的表情、手势和言语就足以表达了;但是当这种情绪达到沸点的时候,普通的表演程式就无能为力,这时候,变脸、甩水发、跌坐,以至于卧地打滚之类的表演都出现了。在语言中,也有很多这样的例子。"甜得要死"、"好得要命"这一类看似不合逻辑的语言,在某种场合,它们竟比一般合于逻辑的语言,在表情达意上更富有生命力。

所有这些,都说明"量体裁衣""不落窠臼"的重要。非常之事,必须有非常之笔。描述各种各样不同的事物,应该有各种各样不同的笔墨。

而尤其重要的,是掌握艺术表现方法上矛盾统一的规律,以避免简单化和绝对化。

列宁说过:"就本来的意义说,辩证法就是研究对象的本质自身中的矛盾。"各种存在内部矛盾的事物,矛盾互相作用着,才会产生一切的变化发展。客观事物既然存在内部矛盾,表现它们的艺术方法就不能够简单化和绝对化。

艺术表现手段上矛盾统一、相反相成的道理,古代的艺术家也在若干程度上接触到了。辩证唯物主义思想体系被完整地建立起来,虽然不过是一百多年的事情,但是因为辩证规律原就客观地存在于万事万物之间,古代一些辛勤学习的人们在某一程度上领略到某一方面事物的辩证的道理,却是情理中的事。这正和古代的人们虽然不懂得药物的全部科学原理,却不妨碍他们充分掌握某些药物的特性并用于治疗的理由一样。

下面是随手拈来的几个例子:

"抑之欲其奥,扬之欲其明,疏之欲其通,廉之欲其节,激而发之欲其清,固而存之欲其重。"——柳宗元

"诗须要有为而作,用事当以故为新,以俗为雅;好奇务新,乃诗之病。"——苏轼

"或问文章有体乎?曰:无。又问无体乎?曰:有。然则果如何?曰:定体则无,大体须有。"——王若虚

"不以平废奇,不以奇废平,莫奇于平,莫平于奇。"——方以智

"故枚曾谓变尧舜者汤武也;然学尧舜者莫善于汤

武。……变唐诗者宋元也;然学唐诗者,莫善于宋元。"——袁枚

"山水笔要巧拙互用。巧则灵变,拙则浑古。"

"作画妙在似与不似之间,太似为媚俗,不似为欺世。"——齐白石

历代这些散文家、诗人、批评家、画师发表的这一类言论,都在若干程度上接触到艺术创造上的辩证的道理。抑扬之间,雅俗之间,平与奇,巧与拙,似与不似,有体与无体,师承与变革……这些看似两极的事物,实际上却相反相成、矛盾统一。它们时常是相得益彰并且互相转化的。就是群众里面的厨师,也说过和艺术家们异曲同工的格言,这就是俗谚里面的"若要甜,下点盐"。甜肴里面,常常要下点盐,相反的,咸肴里面,又时常需要撒点糖,这样做出来的菜才格外出色。

这里想尝试举几个例子来说明艺术表现方法上矛盾统一的道理。

第一,譬如说艺术的真实和生活的真实之间的关系吧,就的确存在着"妙在似与不似之间"的状况。毛泽东同志的《在延安文艺座谈会上的讲话》里,指出:"人民生活中本来存在着文学艺术原料的矿藏,这是自然形态的东西,是粗糙的东西,但也是最生动、最丰富、最基本的东西;在这点上说,它们使一切文学艺术相形见绌,它们是一切文学艺术的取之不尽、用之不竭的唯一的源泉。这是唯一的源泉,因为只能有这样的源泉,此外不能有第二个源泉。"同时又指出:"人类的社会生活虽是文学艺术的唯一源泉,虽是较之后者有不可比拟的生动丰富的内容,但是人民还是不满足于前者而要求后者。这是为什么呢?因为虽然两者都是美,但是文艺作品中反映出来的生活却可以而且应该比普通的实际生活更高,更强烈,更有集中性,更典型,更理想,因此就更带普遍性。"因为

有前一方面的道理，艺术的真实和生活的真实有"似"的一面，艺术的真实是以生活的真实为唯一源泉的。但因为存在后一方面的道理，艺术的真实和生活的真实也有它的"不似"之处，这种"不似"好比在反映同一事物时油画和摄影的不似，蜜糖和花中甜液的不似。更高、更强烈、更集中，也可以说是一种"不似"。自然，这种"不似"，是和"似"辩证地统一着的。因此，"妙在似与不似之间"那句话，是完全说得通的。

如果把某一方面的道理片面地绝对化起来，而完全不谈另一方面的道理，都不利于真正有生命力的艺术的创造。如果把艺术的真实和生活的真实等同了，就会排斥在丰厚的生活知识基础上进行的概括、集中、虚构、想象，理想精神的灌输，若干事物的扩大与缩小，结果，必然是只能对个别现象作记录式的描写，创造不出正确的完整的图卷，抑低了文艺的认识的作用。但是另一方面，如果把后一方面的道理绝对化起来，完全不谈前一方面的道理，在艺术创造上就会走到另一个错误的极端，这就会把艺术创造变成主观主义的、自以为是的、完全荒诞和变形无度的东西。自然主义的艺术是以片面地强调生活真实为"理论基础"的；什么未来派、印象派的作品则是以片面强调主观任意创造就是"艺术的真实"为"理论基础"的，它们都和辩证观点绝缘。

巴尔扎克曾经把文学作品称做"庄严的谎话"；别林斯基曾经讲过："现实之于艺术和文学，就像土壤之于它所培养的植物一样。"这些话，都在相当程度上接触到这种辩证的道理。

艺术的真实较之生活的真实，是概括了，集中了，唯其这样，郭老把它形容为蜜和花的关系。按照这个道理，我们也可以把它譬喻为焦点之于光束、果汁之于果子。因为艺术的真实较之生活的真实是浓缩了，集中了，它自然要出现许许多多的特性。

一滴水是透明的，然而深厚的海洋，却变成蓝色了。一颗麦子是不可能怎样发热的,然而仓库里的麦堆,热度却可以升得很高。概括和集中了的事物,总是要产生一些特点的。

首先是我们从艺术真实中经常感受到的那种强烈性。一朵花的香度总是有限的,然而一滴香精的味道可就异常强烈了。艺术要求强烈。它比一般的清幽更清幽,它比一般的热闹更热闹。诗意还往往从强烈中产生。中国古诗中的许多名句,例如:"千里莺啼绿映红,水村山郭酒旗风。""风急天高猿啸哀,渚清沙白鸟飞回。""歌管楼台声细细,秋千院落夜沉沉。""枯藤老树昏鸦,小桥流水人家。"……这一类句子,不是由于概括了某一方面的生活事象,强烈和集中了,因而涌现了诗意吗?

事物浓缩和集中了,不但给人强烈感,还给人紧凑感。在文学作品中,事件的发生,总是比较紧凑的,巧合的事情,在某一程度上往往较诸现实生活增加了。"无巧不成书"这句话,就在某种程度上反映了这种情形。自然,漫无边际的偶合,是令人觉得不真实的。但是在文学中较之在现实中,事件比较紧凑和巧合,却是自然不过的事。这正像某种液体浓缩了,溶解于那种液体中的物质,分子与分子接近和碰击的机会增加了的道理一样。

由于生活素材概括了、集中了,艺术作品中出现某种夸张和变形,也是合理的甚至需要的。在实际生活中我们也经常遇到这一类情形,例如一个人喜极反而哭泣,怒极反而狂笑之类就是。

自然,这种集中和浓缩,并不是"按比例"的;为了服务于主题,它必须突出某一方面,使某一方面格外细腻,格外饱满,并使其他的素材完成烘托的作用。即使是镜子的反映,摄影机的照相,由于高低角度的不同,光线照射部位的差异,反映出来的事物也有某方面格外放大和明亮的情形,更何况是通过人的思想创造出来的艺术品呢?敦煌壁画中,画讲经的佛像十分高大,而旁侍的沙弥身材却很小;画施主的形象十分高大,画仆役随从身材却很小。这正是渲染某一方面以服务于主题的道理。古代的艺术家懂得突出某一方面的事物以加强他们阶级思想感染作用的艺术手法,我们更应该掌握这种艺术手法来加强我们的政治思想的影响,使无产阶级艺术作品具有更好的激动人心、潜移默化的功能。

总之,在生活真实与艺术真实的关系这个问题上,探索下去,它里面不正存在着相反相成的一系列辩证道理么?

其次,我想来谈一谈新鲜的口语和书面语关系的问题,它们之间也存在着矛盾的统一。

谁都知道,口语是最活泼、最形象和最有生命力的。谁的作品能够多用口语,就显得格外奕奕有神。历代以来,开一代诗风的杰作,起前代之衰的妙文,都在某一程度上一反陈陈相因沿用书面语的习惯,勇于运用口语。古代的说书人,讲到故事人物心头不安时不说"心头不安",更不说"忐忑",而说"心里十五个吊桶七上八落";讲到羞耻时不说"羞耻",却说"恨不得有个地洞可以钻下去";讲到赶快逃跑时不说"赶快逃跑",而说"只恨爹娘少生了两条腿";讲到着急时不说"着急",却说"急得像只热锅上的蚂蚁":所有这些,都博得听书人的欣赏、喝采。评话说部中也把它们大量地保存下来了。就是到了今天,我们读到这些充满民间色彩的词句的时候,也还感到比讲"心头不安"、"羞耻"……有更强烈的形象性和新鲜感。口语,真像新鲜的血液似的,有了它,文章也显得格外有了神采。

因此,口语的头等重要的意义,是不待多说的。

但是,认识它的头等重要是一回事,不应该把对文章口语化的要求绝对化起来又是一回事。

由于文学语言要求生动、活泼、简洁、新鲜,它和口语不可能也不需要绝对一致。毛泽东同志在谈到下苦功学习语言这个问题的时候,除提到要向人民群众学习之外,还说要向外国语言中吸取我们所需要的成分,要学习古人语言中有生命的东西。如果一般口语就已经很够了,毛泽东同志还何必提到后二者呢?而后二者需要的存在,就说明文章的口语化并不是绝对的,而只是相对的。

极其精确地描述事物和表情达意决不是简单的事情。即使是在日常生活中,我们也听过"哎,这事情太复杂,我说不上来了"一类的讲话。因此,在运用语言中,掌握多方面的手段,使描述达到十分精确生动活泼的地步,就大有必要。高尔基发表过许多论述文学语言的文章,他反复阐明了这点道理:"文艺作品的目的是富于表情地、充分地和明确地描写事实后面所蕴藏的社会生活的意义。文艺作品必须运用明确的语言和精选的字眼。'古典作家们'正是用这样的语言来写作的,他们在数百年来逐渐地把这种精确的语言创造出来。这是真正的文学语言,这种语言是从劳动大众的口语中汲取来的,但与它的本来面目已完全不同,因为用它来叙述和描写的时候,已抛弃了口语中偶然的、临时的、不巩固的、含糊的、发音不正的,由于种种原因与基本精神——即与全民族语言结构——不相符合的部分。""我的根本企图是:为着把握语言的一切力量,唤起对制造书本的材料的爱和慎重的态度,而对刚开始写作的作家们助以一臂之力,一切材料——特别是语言——都要求缜密地选择其中所含的好的部分——明了、正确、有色彩、有音响的部分,而且也要求这好的部分在将来的更好的发展。"高尔基的这些说话,已经把一般文章用语以至于文学语言之所以不能绝对等同于口语的道理,发挥得淋漓尽致了。

因此,既要十分重视口语,又不可把文学语言和口语绝对等同起来。这正是矛盾统一的辩证规律在掌握文学语言这一课题中应有的运用。

第三,想来谈一谈细腻与粗犷的关系。

文学要求细腻,但也要求粗犷。这两者应该辩证地统一起来。

在文学故事中,有好些是讲作家们怎样把一大堆材料缩成一两句的。欧阳修写《醉翁亭记》,起初写了几十句,都不满意,后来用了一句"环滁皆山也",就把那开头的一段都概括了。类似这样的例子很不少。但是在另一方面,又颇有另外一些掌故,讲一个作家由于某一件事情的触发,把十分简短的故事写成一部小说或者一出长剧。唐人的许多短小的传奇,到了元、明时候却被写成了丰富多彩的多折的杂剧。宋元简单的说书人的话本,到了明代有好些都被发展成为长篇小说。最近江苏有一位说书艺人把有关武松的七万多字的故事发展成百余万言的说书,并且整理出版了。这可以说都是明显的例子。文学,既要求粗犷,又要求细腻,从这两方面的例子中可以获得充分的说明。

没有形象就没有文学艺术,形象是艺术的主要特征之一。无论如何动人的文学作品,如果抽去了具体生动的细节,只存下一个故事的空架子,就决没有任何艺术魅力可言。另一方面,如果在应该简略的地方不加简略,力量平均使用,繁冗拖沓,那种感人的力量也一定会大打折扣。因此,粗犷和细腻,意笔和工笔,拙和巧,简和详,需要辩证地统一起来,运用这种手法表现的事物,往往能够比实际生活中的事物还要"百尺竿头,更进一步"。

许多艺术家们都充分地掌握了这个道理。白石老人画植物和草虫,那些莲叶啦,树丛啦,大抵泼墨似的,粗犷豪放;而那些蝉啦,蚱蜢啦,螳螂啦,却画得精细极了,触须、翅脉,甚至虫脚上的"钩齿",都历历可辨。这就使得它们彼此衬托,相得益彰,植物更显得生机蓬勃了,草虫更显得栩栩如生了。

当人类第一次从望远镜和显微镜中看东西的时候,都高兴得大叫起来。文学表现事物,如果光用平光镜就太单调了,还应该用望远镜和显微镜,有时还得用爱克斯光镜,使人通过这些镜片,看到平时所未能看到的景物。

如果一部电影,出现的景物,都是清一色远镜头或者清一色中镜头、近镜头,那该使人多么困倦和厌烦!在艺术表现手法上,意笔和工笔应该交错使用,粗犷和细腻可以矛盾统一,理由也正在这里。

第四,想来谈谈一般和特殊的关系。艺术表现的事物,应该具有某一程度的代表性,这样,才有普遍意义。但是,在另一方面,又应该具有它的独特性,这样,才能"平不废奇",给予人以新鲜感。因此,要求掌握一般和特殊的辩证的统一。

如果艺术表现的事物没有若干程度的普遍性、代表性,搜集那样的事物来描写,只是舍本逐末罢了。举例来说,人,一般两手共有十个指头,但也个别有十二个指头的;一般人的耳朵是不会动的;但极个别的人动耳肌特别发达,耳朵是会动的;妇女,一般是不长胡子的,但个别的妇女因内分泌失调,是长有稀疏的胡子的。如果有人描写人物的时候,专门找这些长胡子的妇女,十二个指头的人,耳朵会动的人集中来描写,尽管他大呼"这是事实",也仍然给人一种突兀混乱、狂人院似的感觉。没有一定普遍意义、社会意义的事物,在艺术上并无多少表现的价值。

但是,另一方面,好的艺术总是给人以强烈的新鲜感。独创清新,是优秀的艺术的特色。这种新鲜感的产生,关键完全是在于把一般性和特殊性完整地掌握起来。"没有两只相同的苍蝇,没有两粒相同的沙子。"这些文学描写上的格言,说明共性是通过个性而存在的。能够具体地掌握事物在一般性基础上的特殊性,不论描写的对象是多么平常的事物,高明的艺术家也可以使它充满生命,活灵活现,并给予人以强烈的新鲜感。

类似这样的事情,是可以举出很多很多的。这里只举出几个方面以概括其余。此外,像大家所熟知的革命现实主义与革命浪漫主义的结合,以至于平凡与奇警,洒脱自然与细致加工……一类命题，它们都应该是辩证统一的。

　　人对于事物认识的错误，除了受阶级立场影响的那种错误是根本性的错误，这里暂且不去说它外，人民内部的人，在好些场合，错误的认识，常常是由于对事物的辩证规律掌握不足，受形而上学的支配，简单化和绝对化地去看待事物所致。为了更好地反映现实和宣传共产主义思想，艺术家不仅应该本着无产阶级的世界观，辩证唯物主义的观点去体验、观察、研究、分析一切事物，而且应该把辩证规律自觉地运用到艺术创造上来。不是个别地运用，而是系统地运用；不是经验主义地运用，而是提高到理论认识的高度上来运用。掌握必然就有自由。这样将可以解决一系列艺术创造上的问题和不断提高我们的艺术表现能力。客观事物既然是辩证的，就要运用辩证的艺术手段才能够相应地反映它。这个问题是相当复杂和广泛的，有待我们不断探讨。这里谈的，只是不揣愚昧，以简陋的一瓢舀沧海之一滴罢了。

跋

本书收集的几十篇稿子,虽然题目林林总总,方式像是谈天说地,实际上探索的却都是文学艺术上的问题。这既可以说是学习心得,也可以说是经验之谈。我好像是来到艺术的大海边缘拣拾贝壳的弄潮儿似的,在茫茫的海滩上俯身拾起一枚枚小小的贝壳。它们也许是古老的鹦鹉螺和塔贝,也许是美丽的星宝贝和织锦贝,也许是丑陋的骨贝和冬菇贝。不管它和海洋、海滩比较起来是如何的渺小,也不管这种贝壳在乘风破浪,作过万里壮航,捧过巨大的唐冠贝、珍珠贝和夜光螺的老渔人看来是如何的平凡,而自己呢,翻开沙石,追逐浪花,在海滩上找寻它们,有时沉思,有时惊叹,可也是花费了一番心血的。在浪涛拍岸声中,蓝天丽日之下,比较它们的形状,端详它们的色泽,自有一番情趣。就在这一意义上,我采用了"艺海拾贝"四个字,冠题全书。

这十多万字关于文艺问题的随笔,是近两年来陆续写成的,曾经分别发表在北京、上海、西安、武汉、广州和海外的报刊上,其中最主要部分,则是在《上海文学》连载的。在这些文章结集出版的时候,我特别要感谢《上海文学》编辑部,没有他们的鼓励,我未必能够在这样的时间里写成这么一部书。自然,从更广泛的范围来说,这又是党的"百花齐放,百家争鸣"政策方针鼓舞下的产物。

我们这些从事文学艺术工作的人,在政治方向一致的前提下,不是应该竭尽所能来推陈出新,酣畅淋漓地来对艺术问题发挥己见吗?

理论上的问题,由于概括了,抽象了,当它不和具体的事例密切结合在一起的时候,往往容易变得枯燥,有时甚至还容易流于偏颇。有一些关于美学理论的文字,就时常存在这个缺点。这一类文章,有些由于不很注意笔调的优美和行文的情趣,结果使大量渴望掌握这种知识的读者望而却步;美学,也好像变成十分艰深的东西了。这使我不由得想起自然科学出版物中《趣味天文学》《趣味物理学》一类的书籍来。好些自然科学家,是怎样娓娓动听,妙语如珠地解释了天文、物理,以至于昆虫、细菌、土壤、矿物的奥秘呵!世上既有那种趣味的自然科学著作,自然也应该有更多趣味的文艺理论。既然饱满的形象和美妙的譬喻,就像童话里的魔棒似的,碰到哪儿,就可以使哪儿变化神奇,产生魅力,我们为什么不可以借用这根魔棒,多搞几本饶有趣味的文艺理论书籍,让最广大的读者阅读的时候,没有那种"硬着头皮,正襟危坐"的滋味呢?这本《艺海拾贝》,就是我的一个小小的尝试。我想寓理论于闲话趣谈之中。自然,主观意图如此,实际上做到多少,又是另一回事了。

这些文章的内容,大抵是从一些具体事物出发,然后接触到文艺问题的。例如,从鲜花百态,各有妙处谈到艺术风格多种多样的可贵;从并蒂莲、比翼鸟能够给人以美感,而雌雄终生拥抱不离的血吸虫却只能使人厌恶,谈到思想美是艺术美的基础;从仿真之作的工艺品未能博得人们最大的喜爱谈到自然主义的局限性;从齐白石画虾,各只虾姿态不一,谈到朴素和深厚的关系;从许多民间诙谐譬喻的深入人心谈到幽默的力量;从艺术上一些相反相成的习惯手法谈到辩证规律有意识的运用……这里谈的事情许多都离不开譬喻。这也许可以丰富人们的联想,使道理和事物生动鲜明起来。但是,正如一句德国谚语说的:"一切譬喻都是跛脚的。"譬喻又自然存在它的"尺有所短"之处,任何譬喻都仅仅是对比其中的一点罢了,两种事物决不可能完全相提并论。如果遇到某些太老成或者太天真的引伸者,喜欢譬喻的人就要倒霉了。我们譬喻某个人像钢铁那样坚强,只是形容他的坚强这一点罢了,决不是说他没有思想,没有感情,子弹打不进去,不吃饭毫不相干,等等。这本来是废话,因为见到有些笔墨争端往往由此而生,只好不避繁冗添上几笔了。

"你们的写作经验是怎样的?""文学创作有什么门道吗?"每一个拿过几年笔杆子的人,大概都碰到过人们,特别是年轻朋友这样的询问,我也没有例外。这本小书就算是根据浅见的综合回答。思想、生活、艺术技巧,对于任何创作者来说,都是缺一不可的。没有正确的政治思想就像没有灵魂,那样的作品,只像是一个蜡人,一朵纸花,一只琥珀里的昆虫,一个"买椟还珠"留下来的盒子。更坏的,还像一块砒霜,一朵罂粟花。缺乏生活知识,任何有艺术技巧的人也都巧妇难为无米之炊,什么形象、概括、虚构、想象,都只好"停工待料"。不放入任何东西的真空瓶子里还有什么化学变化可谈呢!不过,在提高思想,深入生活的前提下,的确还有艺术技巧的一个关卡。同样一堆蔬菜、肉食、作料,不同的厨子可以烧出色、香、味不同的菜式。这里面的确有许多问题值得我们探索和研究。为了更进一步提高无产阶级文艺的思想、艺术感染力,技巧问题是决不能等闲视之的。"技巧主义"和完全忽视技巧、藐视技巧的那种观点,都是一种极端主义的错误态度。现在,藐视技巧的人也许不太多了;但是,以为谈论文艺,思想、生活问题应该大谈特谈,谈技巧则只宜"聊备一格",否则就有些不妙,持有这样观点的也许还是颇有人在吧!其实,在提高政治思想水平、深入斗争生活、积累丰富知识的前提下,技巧问题不是也应该大谈特谈吗?描绘事物,刻划细微,概括凝炼,栩栩传神……不正是文学的本领吗?

谈文学怎能够不探求这种本领！而且，在我们这样的时代，文学不再是少数人的案头摆设，空前丰富多样的事物有待描绘，社会主义文艺的思想、艺术力量需要不断加强，我们不但应该学习继承前人状物写照的本领，还应该把它发扬光大。这就有待我们这些文学艺术工作者，根据学习和经验，不断整理心得，痛痛快快来各抒己见了。这本书就是从这么一个角度，试图探索一些和思想、生活知识血缘密结的艺术技巧上的问题的。

当《艺海拾贝》即将由上海文艺出版社刊行的时候，就让我以这一番话，作为跋文吧！

一九六二年九月·从化温泉